字魏 著

一克拉的
眼泪

YIKELADE
YANLEI

作家出版社

图书在版编目（CIP）数据

一克拉的眼泪 / 李巍著 . -- 北京：作家出版社，
2016.5

ISBN 978-7-5063-8685-2

Ⅰ. ①一… Ⅱ. ①李… Ⅲ. ①长篇小说－中国－当代
Ⅳ. ① I247.5

中国版本图书馆 CIP 数据核字（2016）第 012971 号

一克拉的眼泪

作　　者：李　巍
责任编辑：如　舟
装帧设计：嫁衣工舍
出版发行　作家出版社
社　　址：北京农展馆南里 10 号　　　　邮　　编：100125
电话传真：86-10-65930756（出版发行部）
　　　　　86-10-65004079（总编室）
　　　　　86-10-65015116（邮购部）
E-mail:zuojia@zuojia.net.cn
http://www.haozuojia.com（作家在线）
印　　刷：三河市九洲财鑫印刷有限公司
成品尺寸：140×210
字　　数：144 千
印　　张：6.75
版　　次：2016 年 5 月第 1 版
印　　次：2016 年 5 月第 1 次印刷
ISBN　978-7-5063-8685-2
定　　价：25.00 元

你的眼泪落在我的微笑里

每一颗都是我的痛

你的眼泪滴在我的心湖中

闪烁着钻石般的光芒

潮湿的初雪又亲吻大地

你说每一片雪花

都是钻石的眼泪

现在，我在雪花中想你

你可听见？

我想你

想到心都痛了 泪也干了

我想你

想到温暖的血液都冻结成冰

你可感受到了？

亲爱，你在哪里？

握不住你的手

我多么的惶恐

没有你，我该怎么办？

天国中的你有没有这样相似的心情？

亲爱啊

请不要忘了深爱过你的我

纵使生命化作千万片的雪花……

每一片也都将为你守候

亲爱，等我……等我来爱你……

在没有到来天国之前

我会带着你的爱好好活下去

我爱你，在没有别离的天国相见，永不别离。

目　录
CONTENTS

Chapter 1

原来你一直都在

叶子，是不会飞的翅膀，翅膀，是落在天上的叶子。

雪，是天使的眼泪，眼泪，是你心湖下的雪。

多年前，小女生看到男孩儿的心里下了一场大雪。从那之后，她失去了与雪有关的所有记忆。

然而，也是从那之后，离城的每一个冬天都飘满了雪。纷纷扬扬的雪花，从月初一直飘到了月末。飘过了冬天，又飘到了春天。皑皑白雪覆盖了整座北方城市，被冬日的阳光一照，折射出星星点点斑驳的光亮。像天幕里闪烁的星星，像三月里洒落的樱花，像男孩儿清澈湛蓝的眼睛。

……

多年后的初雪日，有一个女孩儿安静地站在雪地里，闭着眼睛，张开双臂，深情地迎接着雪花。她穿着白色的呢绒大衣，戴着白色的帽子，远远望去，就如同这雪花中的一朵，干净清澈，似乎永远不会被玷污。

女孩儿矗立在空旷的雪地里，忘了心跳，忘了呼吸，仿佛全世界都退到了想象之外，只有她和雪花掠过空气的喘息声。

良久，她终于睁开了眼睛。两行小溪顺着她粉嫩的脸庞缓缓地淌过。

亲爱，是你的心又下雪了吗？

"朵朵，你怎么哭了？"

金耀太从背后将女孩儿娇小孱弱的身体拥进了他厚重的白色羽绒服里。他很高，宽阔结实的胸膛散发出温暖干净的香草气息。怀中的小女生听着他有力跳动着的心脏，眼底氤氲起潮湿的白雾，于是抬起头，看着从屋檐下飘过的白雪，努力将眼泪逼进了眼眶，再倒流回心里。

小女生调整好情绪，转过头去，向着她的小爱人露出甜美如花的笑靥。

睫毛微扬，幽深的瞳孔凝望着他贵族般倨傲英俊的容颜：

"太子，你会爱我到哪一天呢？"

"到我死的那天。"

小女生满心欢喜地点了点头，又接着傻傻地问："要是让你许愿，你会许什么呢？"

"我要一直守护着我的女孩儿。如果我先死，我就变成天国的雪，永远守护着她。"

金耀太说着，俯下身亲吻着女生冻得冰凉的额头。他的亲吻热情霸道，像一团炽热的火焰，将她的脸烧灼得红通通的。

颧骨两边的红晕像涨潮后的大海，久久无法退却。

小女生娇羞地垂下了头。

留着细细茸茸短发的头，猫一样轻柔地朝着男生的腋窝下钻去。

高大英俊的男生忍不住笑了起来。他的笑容，明媚清澈，像冬日的阳光，慢慢地扩散开去。小女生仰起脸，正好看到这样一张令人心碎的脸——樱花般晶莹的皮肤泛出苍白的颜色，微微上扬的嘴唇，勾勒出迷人的微笑。

他的脸氤氲在呵出的白色雾气里，高贵中带着冷漠和忧伤，像一只折翅的天使。

她与他的目光在空气里缠绵。

心顿时瑟瑟地颤栗着，所有温暖的情愫像三月里的樱花般坠落。

"乱说，我们会一直在一起的。"

"好的，拉钩。"

"嗯，一百年。不，一万年也不许变。上辈子，这辈子，下下辈子，我都预定了。"小女生蛮横地撒着娇，喃喃低语。

"那我不是很吃亏了。"

他温和地回应她，苍白的脸，清澈的笑容如同绽放的百合。

"拉钩……唔，快点！还要按个手印哦……"小女生笑着伸出了手。

男生无奈地把手指伸出来。

两个手指勾在了一起，再用大拇指按了手印。

小女生得意地歪着脑袋笑了。小小的眼睛眯成了月牙儿，配着两颗小虎牙，乖巧得就像礼品店里精致的瓷器娃娃。金耀太伸出手怜惜地抚摸着她短短的碎发，再次将她拥入怀里。

"朵朵，就让这冬天的大雪见证我们的爱情吧。"金耀太俯在小女生的耳边呢喃着。磁而厚的声音，暖暖的，柔柔的，冬日阳光般的温暖。

女生缩在他怀中，笑着点点头。

屋檐下的雪仍旧飘落着，就像三月里粉白的樱花般簌簌地落下。

小女生突然心血来潮，脑筋一转，又想出了个鬼点子。她猫一样灵敏地钻出了男生的怀抱，从地上捧起了一堆雪，笑着扔向了男生。

"臭朵朵，偷袭我。看我怎么收拾你！"被雪打中的男生，怒气冲冲地说着，迈开修长的双腿，冲了过去。

"太子，小气鬼。别过来——"

女生大声笑着叫着，像一只快乐的麋鹿般跳开了。

空旷的茫茫雪地里，留下一串串欢乐的笑声。

留下一串串凌乱的脚印。

我叫朵朵。

我就是五年前屋檐下那个爱哭爱笑爱耍点小脾气的小女生。

五年之后，我再次回到了离城，回到了当年我和太子相爱的屋檐下。

长发及腰的我，在时光消逝五年后，又站在了当年拥抱的位置。再次将手伸进飘落的雪里。

好冷。

一阵凛冽的寒冷从指尖传递到全身。

"太子，抱抱我，再抱抱我！"

我低低地呢喃着，终于蹲在屋檐下泪流满面。

"太子，你会爱我多久呢？"

"我会爱你到死。"

他的声音再次响起，时光仿佛沿着来时的路又悠然倒了回去。

亲爱，你是否依然站在回忆中的雪地里，安静地等着我？

亲爱，我是否依然是你最深爱的女孩儿？

亲爱，你看到你的朵朵在哭吗？

此时——关于那年那月的记忆又统统回到了我的脑海，金耀太，这三个在我脑海里消失了五年的字眼，在这一刻，又重新铺天盖地地侵袭了我所有的思绪。

我的失忆症就这样不治而愈了。我也终于明白了我的丈夫搬离离城，而我的朋友从来不在我面前提他的名字的真正原因。可是，我仍旧选择了原谅这些深爱我的人。

"亲爱，对不起。"

"亲爱，我让你等太久了。请原谅你的朵朵。原谅我。"

我喃喃自语着。

在盈盈的泪光中，沿着离城空旷的雪地走去。

记忆之门，悠悠地开启……

Chapter 2
你是坏坏的假面王子

1

清晨。

晨曦的天光洒下淡薄的光线，潮湿的空气中氤氲着乳白色的雾气。昨夜下了今年的第一场雪，校园里到处堆积着皑皑白雪，晶莹剔透的冰凌挂满了古树的枝头。

徜徉在校园幽静的小道上，就仿佛穿梭于梦境里冰清玉洁的童话世界。

朵朵陶醉地笑了，张开双臂，大口呼吸着新鲜的空气。

都说初雪日是吉兆的象征，而这天又正好是她转学的第一天。仿佛预示着她在这所学校美好的生活也将拉开序幕了。

不过，这几天，她的运气的确好得出奇。

前天中午，她的家里突然来了个自称是她母亲朋友的中年男人，不仅将她患有眼疾的奶奶从芳草镇接到了离城最好的医院治疗，还将她接到了位于金玉街13号豪华的别墅。

甚至连今天她可以如愿成为全国有名的重点中学"志尚"高中的成员，也是因为母亲这位朋友的帮忙。不知道为什么，她对那个中年男人似乎有种与生俱来的亲切感，仿佛是她前生就认得的人。五岁那年母亲去世后不多天，父亲就娶了别的女人，以决绝的方式离开了她，十几年不曾再相见。可是这个男人，却让她再次感觉了一种久违的温暖——类似父亲的爱。

朵朵到现在仍旧记得母亲生前的容颜，弯弯的眼睛发出星辰般明艳的光芒，扬起的嘴唇盛满了对世间所有的美好憧憬，她就像个贤良美丽的天使，让她深感骄傲。母亲是幼年的她心里崇拜的第一个偶像。也因此每当幼儿园的老师提到天使，她都不由自主地想起母亲，想起她温暖的笑容。

此去经年，她的愿望依然是做个善良的天使。与母亲永远在一起。

朵朵下意识地做了个祷告。

抬头仰望天幕中纯白的云朵，透过重叠的云层，她仿佛又看到了母亲熟悉的音容笑貌，有双翅膀正在母亲的背后扑扇着……

女孩儿对着天空中的幻影笑了。

泪眼婆娑，眼角滴落的眼泪，像钻石般闪烁着盈动的光芒。

"呜——呜——"

正在这时，一阵小声的呜咽透过冰凉的空气传来。

忧伤落魄，宛如婴儿瑟瑟的哭泣。

朵朵的心顿时缩紧了，她将眼睛眯成了月牙儿，四处张望着，寻找着声音的出处。

突然，她的眼前一亮——

高大的白桦树下，风吹过结满冰凌的树枝，白桦树轻微地晃动着，积雪簌簌地坠落。

一只小狗正楚楚可怜地蜷缩在树下，瑟瑟发抖着。它原本白色的长毛，也变成了黑不溜秋的颜色。只有一双清澈的大眼睛，凄凉地望着雪地里的女孩儿。

看到小狗那可怜的模样，朵朵眼睛顿时浮起了白雾，潮湿了。

她赶紧走到小狗身边，将它颤抖的小身体抱在怀里，又取下脖子上的围巾包裹在它的身上。感知到温暖的小狗似乎明白了她的好意，眼巴巴地看着她，亲昵地摇头摆尾。

朵朵摸了摸它的肚子，干瘪的，已经肚皮贴着背了。

"小雪球，就在这里等着我，我去给你买吃的哦。"

朵朵脱口而出，给了它一个形象的名字，再拍了拍小狗的额头，这才裹紧了衣服离开了。

风吹过她脖子处赤裸在外的皮肤，一路延伸着凛冽的寒冷，而她的内心却燃烧着一团温暖如春天的火焰。

朵朵匆匆地赶到小食店，买了两份热狗外加一杯热牛奶。这才提着口袋，又匆忙地往回赶。

小雪球，要等着我哦，马上你就可以好起来了。

朵朵这样想着，冻得红彤彤的脸上浮现出隐约的笑容。

突然，安静的白桦林中传来一阵犬吠，夹杂着闹哄哄的声音。

侧耳倾听——一阵男生的咆哮声，夹杂着……

小雪球的声音——

"糟糕了，一定是球球遇到麻烦了。"

朵朵惊呼一声，赶紧加快了步伐，最后终于飞快地跑了起来。穿着白色呢子大衣的她，掠过冷清的校园小径，就如同一片漂浮的云。

冷风继续刮着，她听到耳边呼呼的声音——那是天使在扑扇着洁白的翅膀。

白桦林下——

小雪球正咬着一个头发染成浅栗色的男生的裤脚，冬日的阳光下，男生的头发闪烁着星星点点的光芒。他背朝着她，高大的背影像一座挺拔的大山。此时的他正用脚踹着可怜的球球，乱七八糟缠绕在身上的金属链条也随着身体的晃动发出清脆的声响。小雪球痛得不时发出呜咽，却仍旧不放开男生的裤脚。

一人一狗纠缠在一起。

"喂，快停下，快停下——"朵朵气喘吁吁地大声呵斥着，因刚才的剧烈运动而脸色通红。樱花般粉嫩的脖子泛出微微的青紫，领口露出的锁骨，高高凸起，像一对预备飞翔的翅膀。

男生扭过头，一双结满冰霜的眼睛折射出星芒般明艳的光，他冷漠地看了一眼朵朵，随即又收回了眼神。倨傲的表情，完全懒得搭理她，继续用力地踹着小狗。

冷空气里只有小雪球低低的呜咽，夹杂在金属碰撞的清脆声里，模糊不清。

"我叫你停下——"朵朵终于愤怒了，冲上前去，不顾形象地抱住了男生的腿，趁他停下的瞬间，赶紧将小狗从他的魔脚下拯救了出来。

"小雪球，痛不痛？"

朵朵抱着小狗，迅速地闪到了一边。温柔地抚摸着它的头，再将食物放在它的面前。

雪球一闻到可口的食物，顿时忘记了身上的疼痛，它眼前一亮，大口地吃了起来，不时发出哼唧哼唧的声音。

看到小狗可怜的样子，朵朵又忍不住想哭了。

这该死的男生，难道没有一点儿同情心吗？他是恶魔转世吗？朵朵在心里质问着。

"你的狗咬坏了我的裤子。你看怎么办？"浅栗色头发不知什么时候又飘到了朵朵面前，恶狠狠地说。

朵朵站了起来，这才发现男生的裤脚已经被咬出了几个大洞，几根断开的绒线正在风中旗帜般地飘扬。

"那个……它又不是故意的，我代替它向你道歉吧。"朵朵露出一张纯真无邪的笑脸，嗫嚅道。虽然他踢了小狗让她很生气，可是她记得母亲说过天使是胸襟宽阔的，所以她不可以发火。

"道歉就可以了吗？我的裤子坏了，你的狗也得死。"浅栗色头发不屑地漠视着她，深不见底的眼睛发出鹰一样寒冷的光，满脸邪恶地说。

"什么？你不是也踢了它那么久吗？算是扯平了。"朵朵终于愤怒了，这个男生也太不讲道理了吧。她天使般纯真的招牌式笑容都无法平息他的怒火吗？

"扯平了？"浅栗色轻蔑地坏笑着，又接着说，"你知道我的裤子多贵吗？买一百条那种货色的狗都绰绰有余了。"

"只要你不伤害它，我赔就是了。"朵朵小声地说着，低头打量着男生的裤子。

我的妈妈呀！竟然是最新款的LEE的牛仔裤。像她这样的穷学生，哪里有那么多钱嘛！虽然现在住在离城鼎鼎有名的富豪区，母亲的朋友金叔叔也对她很好，可是也是寄人篱下地生活着，当然比不上自己家里自在。最主要的原因是，她早上出门前才答应金叔叔会很乖地待在学校，并拒绝了他让司机开车送她去学校的好意。可是，现在开学第一天就闯祸，她自是没脸告诉金叔叔的。

想到这里，她窘迫地怔住了，满脸通红地摆弄着衣角。

"这可是你说的。今天之内你得买条同样的裤子赔给我，要是买不来，那就等着看我怎么弄死你的狗好了。"一双透着冰霜的眼睛，浅栗色头发随意地坏笑着说。

"今天？我还得上课呢！可不可以推迟点时间，一个月行不？"朵朵哀求着。她在心里盘算着，用一个月的饭钱和零花钱，再利用周末打工，该够了吧。郁闷，这一个月她又要过非人的生活了。原来要做个善良的天使是这么的艰难。

"不行，只有一天。"浅栗色头发霸道十足地说，接着从头到脚将朵朵打量了一番。

接着，他若有所思地想了想，露出一抹诡异的笑。

看到少年那怪异的笑容，朵朵禁不住脊背发凉。这个邪恶的魔鬼，不会又要玩什么花招了吧！该死！

　　果然——

　　半分钟后，他低沉的声音诡异地响起。

　　"没钱是不？那也可以，那你做我一个月的奴隶好了。"

　　"奴隶？"

　　"是的。这一个月里你得为我做作业，抄笔记，帮我打饭，上学放学你得来帮我拿书包，总之，什么事情你都得为我做。对了，你好像不是我们班的，所以一到下课放学你就得跑快点。我随叫你得随到。"

　　浅栗色头发一连串地说着各种规定，朵朵听得眼珠子都快瞪出来了。这么多的事情，她记都记不过来，更何况去做？

　　天使啊，救救我吧——

　　"可恶。"朵朵轻轻地诅咒着。

　　"怎么，不愿意？那就等看你的狗怎么死吧！"浅栗色少年邪气地笑了笑，俯身在她耳边低声说。朵朵顿时打了个寒战。

　　白桦树下，小雪球已经吃完了东西，正摇头摆尾地朝朵朵奔来。看来它已经恢复了元气，把她当成亲人了。朵朵叹了口气，终于妥协了。

　　天使都具有献身精神的，就当是考验的第一课吧。

　　"好吧。我答应你就是了。"

　　说出这句话的朵朵，感觉自己就像即将上战场的士兵，视死如归。

"听清楚了，现在我的话就是圣旨，以后每节课下课都必须到三年一班报到。"浅栗色少年说完，抢下她挂在胸前的手机，折腾了一分钟，又扔给了她，这才笑着走了。

他的身后，留下一串深深浅浅的脚印，以及空气中叮当作响的声音，像三月里的风铃般婉转悠扬地蔓延。

"三年一班。"少年走后好几分钟，朵朵才终于缓过神来。

Oh，my god！

神啊，请伸出你慈悲的手，拯救我吧！

三年一班，那不是她转学去的班级吗？

2

朵朵将小雪球抱去了小卖部，交给杂货店的阿姨帮忙照看一天。这才急匆匆地往教室赶去。

"我的天啊，都已经迟到十分钟了！"看了看腕表，朵朵惊叫出了声。

转学第一天就迟到，真是丢脸丢大了。更何况她是在高三快毕业时才转来的，这本身都已经是件很奇怪的事情。

对了，还有那个浅栗色头发的魔鬼，他也在那个班上！My god！

天使啊，请保佑我顺利度过高三吧！

朵朵虔诚地祷告着，将手紧紧地贴在起伏的胸口，气喘吁吁地奔跑起来。

可是还未等她喘口气，糟糕的问题又出现了——志尚高中简直太大了，就像个迷宫似的，害她转来转去，像个无头苍蝇似的到处乱碰，也撞不出个头绪。

呜，呜——

朵朵着急得都快哭了。

正在这时，白桦林深处赫然冒出个小女生。这女生长得同她一样瘦小，一双水灵的大眼睛，镶嵌在白皙粉嫩的小脸上，就宛如现实版的芭比娃娃。

朵朵来不及仔细欣赏漂亮的小美女，像抓住救命稻草似的，赶忙喊住了她。

"同学，三年一班在哪里？"

"三年一班？我正好是那个班的，跟我来吧！"那女生回头望了望朵朵，快速地回答完，又继续飞奔起来。她奔跑的身影穿梭在雪地里就像一只受惊的麋鹿。

朵朵跟在芭比娃娃身后跑了起来。于是，冬日的雪地里同时出现了两只受惊的麋鹿。

芭比娃娃先一步跑到教室。朵朵后一步刚到，就听到老师的训斥声："倪安安，你又迟到了。"

芭比低头迎着全班同学的目光向座位上走去。

班上顿时发出一阵哄笑。

原来这个可爱的女孩儿名叫倪安安。

看到安安的遭遇，朵朵惊慌地站在门口，紧张得不知如何是好。

晨曦淡薄的阳光洒在她皱着的眉头上，几朵雪花沾在她浓密的长睫之上，调皮地颤动着，让她月牙般弯起的眼睛更显得生动活泼。再配上一头细细绒绒的短发，就仿佛日本动画片里的樱桃小丸子。

"好可爱的女孩儿哦！"

"她就是小丸子吗？"

……

同学们对这个突然从门口冒出来的陌生女孩儿议论纷纷。朵朵原本就泛起潮红的脸更红了，大概藏族人的高原红也不过如此吧。

"你叫什么名字？"戴着黑边眼镜的老师一脸严肃地问道，她穿着一身黑色的厚毛衣，看起来就像修道院里的，让人不寒而栗。

"我是朵朵……新转学到三年一班的学生……"朵朵见这阵势，赶紧低着头小声回答。

"你就是朵朵？啊，快进来，快进来，外面多冷啊！"老师听到朵朵的名字，板着的脸顿时柔和起来，她换了语气，和颜悦色地说，"同学们，这是我们班刚转来的新同学——朵朵同学！请大家热烈欢迎！"

教室里爆发出热烈的掌声，朵朵没想到老师居然给她这么大的面子，有点儿受宠若惊，反倒不自在起来，心里一紧张双腿就发软了，门口到讲台的那小段距离，她感觉自己不是走过去的，而是飘过去的。

这老师真好啊！

朵朵在心里感激着老师。不过一周后，她就不这么想了，她真正该感激的人是母亲的朋友金叔叔。"他是学校最大的赞助商，连校长见了他，都会三步并作两步地上前迎接，殷勤得不得了呀欸……"这是后来倪安安的原话。

“我是朵朵。请大家多多指教。”

朵朵站在讲台上，谦虚地说着，露出招牌式的微笑。唇角上扬，划出一道甜美的弧形。

哈哈！好可爱的女生！

同学们再次爆发出热烈的掌声。很显然，他们已经从心里接受了这个女生。

掌声中，朵朵羞涩地低下了头，窘迫地站在讲台上，不知所措。

“以后每节课下课都到三年一班报到！”

朵朵突然想起了什么，对了，那个浅栗色头发的魔鬼少年——

想到这里，她顿时忘记了害怕，忙抬起头，惶惶地在众多陌生却亲切的脸上寻找着那张可恶的脸。

她的目光迅速扫射了一遍——

没有。

再一遍——

没有。

最后一遍——

还是没有。

天使啊，你真听到了我的祷告了，真是太好了！

朵朵兴奋得快要跳起来了，好在老师及时让她回到座位上去待着，否则她真的要蹦穿房顶了。

窗外的冷风吹过树枝，雪簌簌地坠落。啊，那是她心里欢快的笑声。

3

教室倒数第二排，靠窗的位置。

今天的天气真好，还不到九点，太阳就已经升起来了。冬日的阳光照耀在窗边两个空座位上，像是笼罩了一层透明圣洁的光环。

朵朵一眼就看见了窗边的两个空座位。

啊，她真是太幸运了，坐在这里，不仅可以呼吸新鲜的空气，可以观看美丽的雪景，还可以打望操场里的帅哥……好处多得数不清，但很快新的疑问就接踵而来。

——但，这么好的位置，怎么会没有人呢？

不管了，先占着再说。朵朵这样想着，未等老师安排，就微笑着朝空座位走去。

她走得太快了，显然没有发现全班同学正用怜悯的目光看着她。当她在靠窗的座位坐下时，隔她只有一个走道距离的倪安安，竟然痛苦地闭上了眼睛。

哦，my god！

可怜的女生唉——

第一天报到，有惊无险，那个讨厌的混世魔鬼少年也没有再出现，她心情好得不得了。于是拿出课本，将心收回，专心听老师讲课。

这节课上的是语文课，老师正在复习朱自清的散文《荷塘月色》，她动情地朗诵着，眼镜随着鼻翼一颤一颤的，口水星子洒水车般地四处乱溅。坐在前排的同学，痛苦地将书举过头顶，遮挡着脸。

朵朵看到这情景，也忍不住将头藏在书里，偷偷地笑。

正在这时，一阵女生悲戚的哭声透过冷空气，悠悠地传来。趁着老师转身在黑板上写字的空隙，朵朵赶紧将头伸向窗外，四处张望着。

雪地里，一个穿着红色大衣的女生正使劲地拉着一个男生的衣角，边哭边说着什么，那绝望的样子，仿佛一松手就失去了全世界。而那男生依然无动于衷，宛若冬天的大雪般冷漠地只顾着走路。

男生将两只手插在裤兜里，任由女生折腾着。

太可恶了——

怎么有这么无情的男生呢？

看到那女生绝望可怜的模样，朵朵愤怒地想着，拳头拧得紧紧的，真恨不得冲出教室，给那男生几个爆栗。

男生慢慢地向教室走来，越来越近了——

朵朵的拳头也越捏越紧！

冬日的阳光照在男生柔软细碎的浅栗色长发上，他苍白的脸一半落在发丝的阴影里，一半被阳光镶镀成了透明的颜色，连细密的毛孔都清晰可见。

他深邃湛蓝的眼睛真亮啊，像刚从天上摘下的北极星。挺拔的鼻子配在棱角分明的脸上，高贵中又多了一股桀骜不驯的野性魅力。纹路清晰的嘴唇柔和而丰盈，让人忍不住想咬上一口。

朵朵痴痴地望着这张近在咫尺的脸，这张脸实在是太帅了，俊美得就像不食人间烟火的天使。

呀，真有一只天使在头顶飞呢！

不过，这当然不是天使，而是她的头真的晕了，而且是晕得连东南西北都找不到了。

浅栗色长发——

这不就是清晨遭遇的魔鬼少年吗？

只见少年甩开了女生的手，一把将女生推进了雪地里。拍了拍衣服，准备离开。

透过明亮的玻璃窗，朵朵怜悯地看着坐在雪地里撕心裂肺地痛哭着的女生。一双愤怒的眸子瞪着窗外俊美的少年。

而这时，刚好抬头的少年也看到了朵朵。

他的眼神像一把尖锐的刀般穿透了朵朵——是的，少年的目光冷峻凛冽——少年的瞳孔里燃烧着旺盛的火焰。

几分钟后，这团火从教室外燃烧到了教室里。

门咣当一声被踢开了。随着一声巨大的响声，全班同学都呆住了。

正在眉飞色舞，唾沫乱飞地讲着课的修女老师惊慌地停止了讲课。

门口站着一个怒气冲冲的少年，被改过的校服显出几分的不羁，配着脖子和手腕上戴着的白金链条，令他周身上下散发出一种贵族的气质。

只是他裤脚几个坑坑洼洼的大洞，以及拖出的长长绒线，实在有损形象。难道这是今年的流行新款？

朵朵赶紧将头埋到了书里，企图遮掩住自己。

"金——耀——太！"

修女愤怒地叫了起来，书也扔到了讲台上。同学们一动不动地坐着，大气也不敢出。

教室里的空气仿佛凝结了似的，格外地紧张。

什么？

他就是金耀太？

母亲朋友金叔叔的儿子？

前天她刚搬到金家别墅，就听用人赵姨说他病了，在医院里住着，过几天回来。还说金少爷也在志尚高中读书，是个不错的男生。朵朵这几天还一直惦记着他，想着该买点礼物去医院看看他。可是，想到早上尴尬的见面方式，朵朵紧张得手心都握出了汗水！该死，以后同在一个屋檐下，水深火热的日子，可怎么过啊！

朵朵将书放低，小心谨慎地打量着他。她这样做的目的无非是想从他身上看出点病人的痕迹，这样他也许没力气再跟她吵闹……可是，很快她就失望了。

什么病人？什么不错的男生？

除了脸色有点儿苍白，她倒没有看出这个男生有任何的病态，说不定是想逃课故意伪装的。朵朵在心里暗暗思量着，赵姨还说他人不错，看来也是伪装出来的吧。天啊，这男生也太可怕了。如此高明的演技！

想到还有那个该死的奴隶协议。朵朵顿时觉得脊背发凉，头也越埋越低，此时的她，真希望地面裂出个巨大的缝隙，让她钻进去，暂时逃过这一劫数。

金耀太没有理会修女老师的呵斥，径直朝朵朵走去。全班同学都用怜悯的目光注视着朵朵，这个女生也太倒霉了，第一天来就惹到了有志尚高中第一酷太子之称的恶霸。

金耀太离她越来越近了，朵朵紧张得心都提到了嗓子眼儿，手也颤抖了起来。书霎时掉到了地面，发出巨大钝重的声响。

咚——咚——

朵朵听到自己心脏剧烈跳动的声音，整个教室仿佛也在跟着剧烈地晃动。

"奴隶，想不到你就是班上的新同学啊。给我站起来！"

金耀太走到朵朵身边，一拳头打在桌子上，随着巨大的声响，朵朵桌上的书本、钢笔，都掉到了地上，四处滚动着。周围几个临近的同学怜悯地望着她，默默帮她把掉在地上的东西拾起。

"对……不起，我……不知道是……是你的座位……"

朵朵身体微微颤栗着站了起来，手忙脚乱地将自己的东西胡乱地塞进书包里，赶紧站到了一边。

金耀太满意地点了点头，一双冷漠的眼睛透着令人心悸的寒意，唇角微微上扬，露出一抹玩世不恭的笑容。

"把桌子板凳给我擦干净，奴隶！"

他再次吩咐着。

可恶——简直太过分了——

竟然当着全班同学的面说她是他的奴隶，她好歹也是个女生啊，真是丢人啊。

朵朵暗暗地诅咒着，却还是听从了命令。古人说好汉不吃眼前亏，她好女也当然不能够跟自己过不去。旁边的倪安安好心地递出了一块手帕给她，她小声地说了声谢谢，俯下身擦起了桌子。

"还不够干净！你是不是觉得只弄坏了我的裤子不过瘾，所以现在还想存心弄脏我的衣服啊！"金耀太怒气冲冲地咆哮着。班上同学也随之把目光转移到了他破烂的裤腿，几个近处的女生当场倒抽了几口冷气。

这女生竟敢……

朵朵没有抬头，赌气继续擦着桌子。我擦，我擦，我擦擦擦。

可恶，简直太可恶了——这可是她刚坐过的座位啊，桌子板凳都擦得光可鉴人了，哪里还有灰尘嘛！分明就是鸡蛋里挑骨头——找碴儿。

忍吧，忍吧，看在他是恩人的儿子的分上。

朵朵强迫着自己把火气压了下去，索性用双手拿起手帕卖力地擦起了桌子。

教室里的空气仿佛凝固了似的，一触即发。

"可以了吗？"几分钟后，朵朵气喘吁吁、大汗淋漓地问道。

"勉强凑合吧！奴隶，记得以后要叫我主人。"

金耀太懒洋洋地吩咐着，这才一屁股坐到了板凳上。

　　教室里重新安静了下来。修女老师无奈地摇了摇头，拾起了书继续讲课。这个嚣张的小子，她哪里惹得起啊，睁只眼闭只眼是最好的选择了，否则他老子一声令下，她连饭碗都保不住。

　　金耀太坐下后，摸出iPod塞在耳朵里，趴在桌子上，再将书遮在脸上，倒头睡了。

　　朵朵却再无心思听课，旁边坐着的男生像一座随时可能爆发的火山，让她坐立不安。哎，这样英俊的梦幻天使般的男生，却偏偏长着一颗魔鬼的心脏。唉，真是可悲啊——

　　"朱自清，字佩弦，现代文学家，诗人。这篇文章写于一次大革命失败后不久，中国大地处于白色恐怖笼罩之中，诗人也感到苦闷彷徨，处于超脱现实的需要，他来到月下的荷塘，有感而发写的。下面，请一位同学来介绍一下本文作者。"

　　修女用目光巡视了全班同学，最后停留在了金耀太身上。她决定小小地惩罚他一下。

　　"金耀太同学起来回答。"

　　朵朵小心翼翼地推了一把金耀太。

　　"干什么？奴隶。"金耀太咆哮道。

　　"金耀太同学，请你站起来简单介绍《荷塘月色》的作者。"修女老师和颜悦色地说。

　　金耀太不情愿地站了起来。

　　"是猪……猪什么来着……"

　　班上发出一阵哄笑，连老师也忍不住笑了起来。

　　"都给我闭嘴。"

金耀太一拳捶在课桌上，愤怒地再次吼道。白金链条碰撞着发出清脆声响。

　　教室里再次安静了下来。同学们都艰难地忍着笑，因为憋得难受，脸都跟着变了形，看起来像一个个别扭而滑稽的桌别林。

　　"金耀太，坐下。以后上课不准睡觉了，给我把作者简介抄写一百遍，放学之前交到办公室。"修女老师一脸严肃地下了命令，好歹在学生中挽回了一点儿脸面。

　　"奴隶，听到没。给我抄写一百遍，主人我要睡觉了。中午记得给我买饭。"金耀太懒洋洋地说完，又趴着睡过去了。

　　一阵风从窗外吹了进来，打在朵朵赤裸的脖子上。这个冬天，可真冷啊。

　　4

　　抄，抄，抄。

　　我写，我写，我使劲写——

　　中午的教室，空荡荡的，只有笔落在纸上沙沙的响声。

　　同学们都吃午饭去了。朵朵仍旧埋头奋笔疾书地战斗着，她要赶在放学之前把那该死的作业抄写一百遍。为了赶这个作业，她连午饭都来不及吃，肚子早饿得前胸贴着后背。

　　咕——咕——咕——

　　天啊，这已经是第十三次叫了。拜托，别再叫了。

　　旁边的金耀太正大口地吃着香喷喷的饭菜。食物的香气透过空气飘进她的鼻翼，她的肚子闹得更欢了。

眼下，就只有她最可怜了。中午一放学，她就赶着去杂货店为小狗买了食物，又叮嘱阿姨喂它吃过，这才转战食堂，挤在汹涌的人潮里，为主人买了最贵的食物，送到他手中。忙完这些都已过去半个小时了。她饭也来不及吃，赶紧抄起了作业。

整整半天时间里，她都像个陀螺不停地旋转着，旋转着，无休无止……

这简直不是人过的生活嘛！恐怕连十八层地狱也比这好过吧。她悲哀地想着。

"啊，这鸡腿可真好吃，还有这蔬菜，真是火候刚好，又脆又香，太好吃了——"金耀太津津有味地吃着，不时赞上几句。朵朵只觉得喉咙里像有只手在抓似的，不停地吞咽着口水。

她索性扯了张纸巾，揉捏成团状，塞进了耳朵里。耳不听心不烦。

可恶，这个混世魔王，真是本事不可小觑，哪壶不开就专提哪壶，一点儿也不懂得怜香惜玉，呜呜……

"怎么？嫌我啰唆吗？奴隶！"

一记爆栗打中她的额头，光洁的额头迅速晕染出一朵暗红色的花朵。

"我还要抄作业呢。拜托，别打扰我好不好？"朵朵一脸痛苦地停下笔，哀求着。也许是她五岁那年犯下的不可饶恕的错误，现在轮到被惩罚，才遇到这个混世魔鬼的吧。

"要说主人。笨蛋。"又一记爆栗。

朵朵委屈得眼泪都快掉下来了。

和蔼亲切的金叔叔怎么就生了个这样的儿子呢?

可恶——太可恶了——

"太子,今天怎么在教室里吃饭呢?"

正在这时,一声娇滴滴的声音响起。天啊,真比台湾的林志玲还要嗲。朵朵觉得自己鸡皮疙瘩都掉了一地。

她循声望去——

哇,世界上竟有如此美丽的女生。

小巧精致的瓜子脸,白皙剔透的皮肤,俊秀端庄的鼻子,饱满柔软的嘴唇宛如一朵沾满汁水的玫瑰花。一头及腰的长发,遮挡着曼妙的纤腰,真好比漫画中跳出来的美少女。

难道这就是传说中的宇宙无敌美少女!

朵朵眼睛一眨不眨地盯着从教室门口走进来的女生。

班上还有几个在教室里吃饭的学生,也用目光追随着女孩儿。这样光芒万丈的女生,无论走到哪里都是万众瞩目的焦点。真是让人嫉妒啊!

"我喜欢在教室吃饭,问这么多干吗!"金耀太抬头瞟了一眼女孩儿,又继续埋头吃饭了,完全把那漂亮女生当成了空气。

"呵呵,人家担心你嘛。怕饭菜不对你口味,影响健康。走吧,跟我一起出去吃,行不?我知道这附近新开了家法国餐厅,很好吃的。"女生没有生气,仍旧笑靥如花地说道。

"林诗碧，给我闭嘴，别打扰我吃饭。"金耀太怒气冲冲地大声吼着，停下了吃的动作，又转过头来，对正在埋头苦抄的朵朵道，"奴隶，给我拿去扔了。再给我买杯热牛奶回来。真是的，害得我连吃饭的胃口都没有了。"

又来了。真是超级大麻烦的混世魔鬼。

朵朵不情愿地放下笔，提着空空的饭盒准备离开。

"站住。"

"又怎么了？"

"笨蛋，我不是说要在前面加上主人两个字吗？你白痴吗？"

有股火焰正在朵朵的身体里燃烧着，冬日的白雪都快被融化了。他是恩人的儿子，忍，我忍。朵朵站着没有说话，她怕一开口，那股火焰就从嘴里窜出来。

"站着干什么？过来拿钱。给你五十，剩下的你随便买点什么填肚子。"

朵朵接过钱。转身走了。

唉唉……My god！

为什么要让我这样纯洁的天使来遭遇如此恶劣的魔鬼呢？

5

谢天谢地，终于赶在上课前把这该死的一百遍给抄完了。

朵朵甩着酸疼的胳膊，大大地吐了口气。

金耀太那臭小子喝完牛奶又倒头睡了，发出轻微的鼾声。林诗碧坐在他前面的位置上，含情脉脉地凝视着熟睡的男生，脸上荡漾起花痴般呆呆的笑容。她那神情，就好比守护着一颗珍贵的珠宝。

这女生，难道脑子有毛病吗？

朵朵同情地看了一眼林诗碧，她实在想不明白，她到底喜欢他哪一点。这臭小子一身的毛病，唯一的优点也就是那张脸。不过，说实在的，那张脸实在是，实在是，太帅了。

如果单是那张脸，该可以算是天使吧。

朵朵正想着，肚子又发出一长串的叫声。

"走吧，我陪你去食堂吃饭！"倪安安怜悯地说。

"快上课了，来不及了，恐怕食堂也已经关门了。"朵朵好意地拒绝着。

"你们两个给我小声点，别吵到了我的未婚夫。"

林诗碧一脸凶相地大声吼道，和刚才的温柔如水判若两人。

"明明你比我们还大声嘛！"倪安安忍无可忍地顶了一句，气得林诗碧花容失色，一张脸都扭曲变了形，乍一看，还真像个狰狞的魔鬼。

"你们都给我滚。"

被吵醒的金耀太，抬起头气恼地望了一眼三人，大声吼着。那张英俊疲惫的脸，在阳光下更显得苍白透明，脖子上的皮肤就像三月粉嫩的樱花，连细密的毛孔都清晰可见，即使发怒也帅得惊人。

"太子，别生气，我马上走……明天，我再来看你咯！"林诗碧唯唯诺诺地连连附和着，惶恐地看着愤怒中睡眼惺忪的少年。

"滚，明天也别来了。"少年冷漠的声音，像冬日的雪一样失去了温度。

林诗碧眼睛顿时涌起了雾气，湿漉漉地看着金耀太。一分钟后，稳定下来情绪的她才瞪了一眼朵朵和倪安安，像一只骄傲的孔雀般气恼地走了。

未婚夫——朵朵惊讶得张大了嘴巴，半天回不过神来。

"她叫林诗碧，号称志尚高中有史以来最漂亮的校花，是盛日集团董事长的千金。听说，她从小就跟太子指腹为婚的，只是太子好像并不喜欢她。可怜的女生！"

倪安安将朵朵拉出教室，小声地说。

"难怪，她说是她的未婚夫哦。原来如此啊。"朵朵若有所思地点点头。

"嗯。可是我想不明白，你怎么就成了太子的奴隶呢？"倪安安好奇地问。

于是朵朵将她早上的遭遇如实告诉了倪安安。最后双手一摊，长长地叹了口气，不过她隐瞒了自己住在太子家的事情。要是林诗碧那个醋坛子知道自己住在太子家，说不定会拿刀把她给杀了。

"朵朵，你要小心哦。太子可是全校最不好惹的人物。他家太有钱了。他老是打架。可是却是全校最受欢迎的男生。他还有两个死党：一个叫闵昌浩，也是超级有钱的家伙；还有个是林诗碧的哥哥，叫林俊寒。他们三个人号称志尚三大酷太子。比起《流星花园》的F4真是有过之而无不及。"倪安安如数家珍般地介绍着金耀太的"丰功伟绩"，末了又叮嘱道，"你可别和太子走得太近哦，否则你会被他的Fans给杀死的。我说真的。"

朵朵听完，脊背猫一样地耸立起来。这么大冷天的，居然热得出了汗。当然，这显然是被吓出来的。

还好，上课铃及时地响起，她的窘迫才没有被发现。

朵朵赶紧拉着安安的手进了教室。这可是全校最厉害的化学老师的课呀。

6

当饥肠辘辘的叫声第N次响起时，朵朵只觉得眼前到处冒着金色的火花，烟花般地四处乱溅。

老师的影子变成了几个人的，重叠在一起，在她眼前晃荡。不多时教室也跟着晃荡起来。

地震——

朵朵只觉得一阵头晕目眩，转瞬之间，金星也消失了。短暂的空白之后，她终于体力不支趴在了桌子上。

好在这时已经下课了，她才没有被老师叫起来挨批。真是谢天谢地，上帝保佑！

"奴隶，快点吃了它。"

一阵饭菜的香味传来，朵朵肚子又开始折腾了。她好不容易支撑着自己坐了起来。

有没有搞错！竟然是金耀太那个混世魔鬼，最奇怪的是，居然手里还拿了一份盒饭和热牛奶送到她面前。

"怎么，不吃我可要拿去倒了。"见朵朵呆滞地坐着，一张纯洁无瑕的脸惊讶地看着自己，金耀太脸倏地红了，于是迅速站了起来，企图遮掩。

"哇——"捕捉到太子瞬间红了的脸的小动作，班上的女生发出不可思议的尖叫。

"主人。我吃，我吃。"朵朵没有理会女生们的叫声，紧张地一把抓住了食物，迅速打开，以秋风扫落叶的速度，狼吞虎咽地吃了起来。

哇，三文鱼，蔬菜沙拉……我的最爱——真是太好吃啦——

朵朵只觉得喉咙里更痒了，抓起筷子，完全不顾及淑女形象地吃了起来，不时发出猫一样的呜咽。惹得班上的同学目瞪口呆地看着她的吃相。

几个女生甚至猛吞起了口水，纷纷由同情变成了羡慕朵朵。要知道，这可是全校最拉风的金耀太第一次给女生买食物哦，而且，他温柔的一面真的好吸引人！

"笨蛋，你慢点吃行不？你八辈子没吃过肉吗？"金耀太凶狠地训斥着，伸手抓起热牛奶，递到朵朵眼前，"快点喝啦！"

朵朵一边猛吞着食物，一边腾出一手接过牛奶——臭小子心眼儿还不坏。

赵姨说他是个善良的孩子，看来也没说错。

月牙般灵动的眼睛微微眯起，朵朵不顾形象地笑了。

呵呵，这混世魔王要是不成天拉着一张驴脸，应该就是童话里俊美迷人得让人心碎的白马王子了。

明媚的阳光透过明净的玻璃，温情地洒在朵朵的脸上，她温和的目光穿过细细绒绒的短发，落在金耀太俊美高贵的脸上。

如果他可以一直这么温和该多好啊！

此时处在阳光下的朵朵，浑身上下都仿佛镶嵌了一圈圣洁耀眼的光芒。看到眼前天使般纯真的女孩儿，金耀太突然觉得心底最柔软的弦被触动了，发出清脆的声音。被盯得无所适从的他，手指略微颤动了一下，又恢复了玩世不恭的痞气。

"看什么看，别以为我已经心软了。"又一记爆栗敲在朵朵的前额。

"哎哟——"

朵朵痛得叫出了声，含着眼泪的眼泪更显得波光潋滟。

都怪她一时糊涂，被幻觉的假象给迷惑了。魔鬼就是魔鬼，她怎么能够奢望他拥有一颗天使般的心灵呢。

"快点吃吧，饭都凉了。"见朵朵痛苦的样子，金耀太心顿时一紧，星芒般明亮的瞳孔顿时收紧了。不过转瞬他又恢复了冷漠凶悍的样子，漫不经心地继续说道，"我可没为你动心哦，约定的日期还没到呢，你现在死了，我损失可大了。"

"金——耀——太！"朵朵忍无可忍地大声吼道。

可恶——真是太可恶了——

就算她是他的奴隶，也用不着随时挂在嘴边提醒着啊，她好歹也是个女生哦。虽然她长得并不漂亮，可是还是个超级可爱的小女生哦。呜，呜——总是伤害她小小的自尊心——讨厌！

"找死吗？笨蛋！要叫我主人。跟你说过多少次了，你那笨脑袋怎么就记不住呢！"又是金耀太恐怖的声音。

"丁……零……零……"

上课铃响起。

终于得救了——她苦难深重的耳朵终于逃离了魔鬼的声音。朵朵长长地松了一大口气，趁着老师还没来的空当，她赶紧将剩下的饭菜连着饭盒一起扔进了教室后面的垃圾筒。

这么好吃的饭菜，多可惜啊！

朵朵惋惜地想着。自五岁她母亲去世后，她一直和体弱多病的外婆相依为命，过惯了清贫朴素的生活，最讨厌浪费了。要是外婆看到她将这么好的食物扔掉，又得伤心了。

讨厌的金耀太，连饭都不让她省心吃，真是残忍！太残忍了！！！

7

傍晚。

橘红色的夕阳洒下淡薄的光线，照耀着皑皑白雪，折射出钻石般晶莹透明的光泽。空气里弥漫着寒冷的味道。

终于放学了，第一天的奴隶生活终于结束了。

朵朵去小卖部抱回了小狗。刚走出屋子，一阵冷风迎面吹来，她不由自主地将脖子缩进了衣领里。这才跟着拥挤的人潮，涌出了学校门口。

　　欧式的建筑，掩映在高大古老的树木之下，古色古香。尖尖的屋顶覆盖着皑皑的白雪，就像童话中住着王子和公主的城堡。

　　哎——

　　女生回头望着白雪覆盖下的校园，发出一声长长的叹息。

　　好不容易可以成为这所她梦寐以求的国家级重点高中的一员，却遭遇到那魔鬼般的少年，害得眼前这所迷人的学校也俨然成了地狱。

　　难不成那小子当真是魔鬼转世投胎吗？

　　可是童话里不都是魔鬼臣服于善良的天使吗？为什么天使般的她却成了混世魔鬼的奴隶呢？悲哀……

　　"奴隶——"

　　正在这时，一声霸道磁性的男低音从人群中传来，像冬季的空气般冰冷凛冽。朵朵禁不住吓得瑟瑟发抖。可恶，要是她的听觉没出错，一定又是金耀太那混蛋小子了。天啊，他怎么老是阴魂不散地跟着她。

　　天使啊，借我一样双翅膀，让我带着小雪球马上飞走吧！

　　朵朵这样想着，赶紧将头埋得更低了，心急火燎地朝公交站台走去。没听见，没听见，什么都没听见啦。所有的声音都只是幻觉！朵朵安慰着自己，真恨不得脚上踩个风火轮，离这个魔鬼越远越好！

"给我站住！奴隶！怎么可以对主人这么没礼貌呢？你想找死吗？"

一双大手抓住了她的衣领，就像老鹰抓小鸡似的，险些将她和抱着的小狗给悬空拎了起来。

"啊，放开我！"

随着她尖锐刺耳的女高音，金耀太阴郁冰冷的脸在她背后冒了出来。他居高临下地俯视着她，愤怒的眼神，玩世不恭的邪恶的笑，苍白的脸色……

宛若梦魔般突兀地横在眼前——

"汪——汪——呜——"

怀里的小雪球显然已经认出了自己的仇人，缩在朵朵的怀里，呜咽般地轻吠着。

"主……人……我……没……认出是你……"

朵朵颤巍巍地小声说着，将怀里受惊的小狗搂得更紧了。

"要说，主人，对——不——起——"

"是，主人，对不起。我错了——"

"态度不端正，声音太小了，重来。"

"是。主人，对——不——起——"

……

两个人奇怪的对话方式很快吸引了一大堆围观的学生，连放学从这里经过的外校学生也被吸引了过来。他们身边很快筑起了一层由各种校服组成的厚实的人墙。

"啊，这女生真幸运啊！"

"是太子哦，真是好帅哦……"

"可恶，我也想成为他的奴隶……"

女生叽叽喳喳地麻雀般地议论个不停，绝大部分女生居然朝朵朵投来了羡慕而嫉妒的目光。

这个男生果然是魔鬼，她再也听不下去了。这些女生都被魔鬼蛊惑了，都中毒了，都疯了。幸亏她们不知道她现在就住在太子家，要是被这些花痴知道了，那她即使不被五马分尸，也被唾沫淹死了。

可是，糟糕——太子也不知道她住在他家啊，要是他知道了，会不会……

朵朵再也不敢想下去了。

地狱般凄惨的画面淋漓尽致地在她眼前展开，她禁不住打了个寒战，身体像秋天飘落的树叶，瑟瑟颤抖。

"愣着干什么？还不按照主人我的吩咐执行任务吗？"

又一记爆栗打在她的额头。朵朵再次叫出了声。

"放开我。"她忍不住哭了起来。使劲用力着，企图挣脱金耀太宽大的手掌。可是她挣扎得越厉害，那双手反而钳子似的抓得更紧了。她可怜的脖子，白天才受冻了一天，现在更被衣领的拉链勒得生疼，连呼吸都困难了。

"救命啊——"

"太子，好久不见了。"

随着一声深沉的男声响起，人墙顿时自动分出一条通道。通道尽头的雪地里，一个穿着白色风衣的英俊男生缓缓走来。干净清澈的面容，俊秀得宛如漫画里的美少男。

是天使吗？是白马王子吗？

朵朵眨巴着弯弯的眼睛，以确定自己是在梦境，还是现实。为什么她会觉得他如此的面熟呢？

"哇——林俊寒——"

围观的女生爆发出刺耳的尖叫声，有几个花痴竟然赶快从包里摸出镜子和梳子，打扮起了自己。看来，帅哥的魅力就是不同凡响。

还没等女生们缓口气，通道的尽头又冒出个身穿黑色夹克，缠着各种金属链条，走起路来浑身上下叮当作响的男生。长长碎碎的头发略微卷曲，一双冷漠深沉的眼睛若隐若现。薄薄的嘴唇倔强地微微上扬，在空气中画出高贵优雅的弧线。唇边一颗小小的钻石唇环，发出灼人的光芒。

"闵昌浩——"

又一阵尖叫声。

今天是什么好日子，志尚高中三大酷太子居然全部到齐了，真是难得。难怪昨晚下了一场初雪，今天又出太阳。原来如此啊。女生们陶醉在了幸福里，一个个笑得面若桃花，摇曳生姿。竟然没有一个女生注意到自己的同胞处境危险。可恶——

桎梏着朵朵脖子的魔爪瞬间松开了，啊，终于可以自由呼吸了。

"怎么，太子现在换口味了，喜欢又笨又丑的女生？"闵昌浩冷冷地看了一眼朵朵，带着玩世不恭的轻笑，问道。

"有没有搞错，我堂堂太子会看上她？她可是我的奴隶！"金耀太不屑地说。

"都什么年代了，还有这种事情？"林俊寒的声音。

"你自己问她。"金耀太叫住了正预备趁着混乱溜之大吉的朵朵，霸道地问，"是吧，奴隶？"

可恶，命令就命令嘛，还假惺惺地询问！真会装滥好人！

朵朵站住，转过身来，满脸通红地对着两个超级大帅哥点点头。

当她抬起头，露出一张灿烂如花的笑靥时，林俊寒突然怔住了。

是她吗？是那个被自己寻找了十几年的小人儿吗？

是她。

是他的小朵朵！

他呆呆地凝望她。漆黑的瞳孔荡漾着温暖的涟漪，突然来临的巨大的愉悦让他无所适从，他听到羽毛掠过雪地的声音，一只飞出去多时的鸟儿又飞回来了。

朵朵被完美如王子的林俊寒看得脸更红了，像一只红彤彤的小苹果。

"好，既然是我大哥的奴隶，那当然也就是我们的奴隶了。"闵昌浩一脸的坏笑，唇下的钻石发出明艳如星芒的光。他若有所思地看了看旁边的俊寒，继续说道："大哥，你不介意将你的奴隶分给我们共用吧！"

金耀太脸色顿时沉了下来，也不知道是天气太冷的原因，还是为什么，脸上竟然红一阵白一阵，像没有调和均匀的颜料。朵朵可怜巴巴地观察着太子的动作。只见他喉结蠕动了几下，欲言又止。

千万不要答应啊，拜托。朵朵默默祷告着。

可是，很快她就失望了，太子最终还是机械地点了点头。

可恶——金耀太你个混蛋——

朵朵气得脸都发白了，要不是想到他是救了她外婆，又帮助了她的金叔叔的儿子，她真恨不得让这个臭小子下十八层地狱，扔到油锅里炸炸，再五马分尸而死。

"太子，跟我们一起去蹦迪吧。Blue新招了几个妞，长得还不错。"闵昌浩拉起太子的手，准备撤退。

"朵朵，再见。"林俊寒意味深长地凝视了她半晌，轻轻地吐出几个字。

"嗯……再见……"朵朵吓了一跳，断断续续地说。

奇怪，他们不是都叫她奴隶吗？他怎么会叫出自己的名字呢？还有，他的眼神，怎么如此的，如此的，熟悉……

朵朵抓着细茸茸的短发，陷入了沉思。见到她浑然不知的样子，林俊寒明亮如星辰的眼睛赫然间变得沉郁黯黑，鹰一般光芒的眼睛仿佛受到了伤害。

她果然已经忘记自己了！

林俊寒只觉得心痛难忍，撕心裂肺疼得厉害。为了掩饰自己的失态，他赶紧转身走了。雪地里发出一长串咯吱作响的声音。

伴随着女生此起彼伏的尖叫声，人群中再次敞开出一条笔直的通道，直接通向路边一辆白色宝马。

小雪球，我们终于安全了。朵朵轻轻安慰着受惊的小狗。

"奴隶，过来。"

可恶，又是哪个混蛋？朵朵慌张地转过头去。

"站着干吗，去帮我们拿东西啊。"

金耀太，我发誓你这个魔鬼一定会死得很惨的。朵朵诅咒着，不情愿地上了车。

"可恶的女生——"

"她到底是谁啊——"

……

汽车发出巨大的轰鸣，开走了，淹没了众女生惊天动地的咆哮。

8

Blue酒吧。

人潮涌动的大门，震耳欲聋的电子摇滚，绚丽昏暗的灯光折射出迷离的光线。舞池里将头发染得五彩缤纷，搞成奇怪发型的男女们拥抱在一起，他们扭动着腰肢，在暗处接吻，仿佛连浑浊的空气都弥漫着暧昧的味道。

朵朵跟在三个不良少年的身后，一手抱着呜咽的小雪球，一手拎着太子的外套，十足一个倒霉的仆人。好在那两个男生穿的不是校服，否则她都成搬运工了。

灯光照得她睁不开眼睛，她月牙般的眼睛眯成了一条狭长的缝隙。

"哦哟，太子来了——"

"唔……还有昌浩和俊寒——"

几个穿着暴露的小姐亲昵地叫着三个人的名字，一双双眼睛进出兴奋的光芒，随即将身体水蛇般地缠上了少年，暧昧亲密地拥抱着进了门。

朵朵正要跟着进去，却被门口的保安拦住了。

"狗不能进去。"保安看了看她怀里的小狗，又望了望她，严肃地继续说，"未成年人也不准入内。"

"大叔，我刚好满了十八岁。"朵朵怒气冲冲地解释着。可恶，这么大冷天，还拎这么多的东西，她可不想在暖气都没有的门口待几个小时。

"学生不准入内。"保安看了看她衣服上的校徽，冷冷地拒绝着。

"那三个也是学生啊。他们为什么就可以进去？"朵朵不服气地说。

"喂，那边的小姐，请问刚才进去的三个是学生吗？"

保安没有回答她，朝着蹲在门口吞云吐雾的一个美女问道。

那女孩儿轻蔑地看了一眼朵朵，摇了摇头，将烟头甩出很远，这才站起来，扭动着纤细的小蛮腰进去了。

朵朵眼巴巴地望着那女孩儿的背影，满是嫉妒。

冷啊，真是太冷了。

一阵冷风吹来，朵朵全身不由自主地微微颤栗着。口中吸进呼出的空气，瞬间凝结成白色的雾气，久久不能散去。

"奴隶——"

朵朵循声望去，只见金耀太一手插在牛仔裤的裤兜里，一手扶着雕花的门铃，冷漠阴郁的眼睛透过碎碎叠叠的长发，隐约折射出明亮灼人的光，浑身上下缠绕着的链条，又让他多出一股桀骜不驯的野性魅力。

啊，终于可以进去了。

看到门口的金耀太，朵朵顿时像见了救命稻草似的，楚楚可怜地等待着他将她带进去。虽然里面看起来很混乱的样子，可是至少有暖气可以取暖，还有沙发可以放这个混蛋的外套。

"我在这里，我在这里。"朵朵兴奋地叫了起来。

"知道了，你就在门口等着吧。溜走了，下场就是这个。"金耀太说完，伸出捏成拳头的手，在空气中晃了晃。

话音未落，太子马上被一个长头发的漂亮女孩儿拉了进去。女孩儿纤细修长的玉手，亲昵地搂着太子的脖子，水蛇般地缠绕。而太子也伸出手搂住了女孩儿曼妙的腰肢。

两人的背影看上去就好像一对热恋中的情人。

9

冷。真冷。

朵朵赶紧将太子的外套穿在身上，男生的衣服散发出淡淡的柠檬香味混迹着松脂的味道，她顿时感觉温暖了不少。

小雪球蜷缩在她的怀里，睁着眼睛四处张望着。它一定是对这个陌生的地方感到新奇了。

好吧，乖狗狗。我就满足你的好奇心，让你见见世面吧。

其实她也是第一次来这样的地方，与其说是满足小狗的好奇心，还不如说是为自己找个借口，满足自己的好奇心。

朵朵抱着小狗来到门口，透过大门朝大厅里张望着。

她的目光穿过人群黑压压的头颅，很快在灯影交错的深处，看到了处身于鲜花丛中的志尚高中三大酷太子。

只见，金耀太左拥右抱地一手搂着一个，旁边的闵昌浩也毫不逊色，身边自是美女如云。或娇媚，或性感，或温柔……真可谓是争奇斗艳。只有林俊寒独自喝着酒，看起来忧伤又寂寞，却让他看起来更加高贵骄傲。

啊，林俊寒真是帅啊。

朵朵仿佛看到了梦中的白马王子，痴痴地笑个不停。

借着昏暗的光线，朵朵看见林俊寒旁边的金耀太，居然将吻落在了其中一个女孩儿的额头上。

我的天啊，真是太放肆了，少儿不宜啊——

朵朵赶紧腾出一手遮住了眼睛，向后退了几步。她实在想不明白，为什么林俊寒明知道自己的妹妹林诗碧是太子的未婚妻，却不阻止呢？难道这里面有什么不可告人的秘密？

"学生妹，踩到大爷的脚了。"

暴怒的声音在耳边突兀地响起，朵朵赶紧将遮在眼睛上的手拿开了。

倒抽了好几大口冷气！

只见一个满脸络腮胡子的大男人挡在了她的面前，敞开的胸膛，露出一条腾空的龙头刺青。

我的天啊！

传说中的黑帮老大？

"对不起！对不起！"吓晕了的朵朵，一个劲儿地道歉。

"道歉就可以了吗？陪本大爷玩上一次吧，小妹妹？"络腮胡子露出被烟熏得发黑的牙齿，邪恶地笑着。

朵朵连连后退着，她怀里的小雪球也低低地呜咽着，显然这个面目狰狞的坏蛋把它吓得不轻。

"先生，我不是故意的，对不起，真的对不起。"

朵朵低三下四地乞求着，眼泪都快流出来了。心脏咚咚地跳个不停，仿佛就要蹦出她的胸膛。

王八蛋，色狼——

她惶恐地连连向后退着，小声地嘀咕咒骂着。

"小姐，大爷我今天就看上你了，答应不答应都得跟我走。"大胡子威胁道，一双老鼠般的眼睛在灯光的照耀下，折射出邪恶的欲望之光。

危险的气息弥漫……

"别，别过来——"

朵朵尖叫出了声，痛苦地闭上了眼睛。

"跟你走，还得问问我同意不呢？"

男生的声音，有着不可阻挡的气魄，一如绝境中升起的希望的太阳。

话音刚落，金耀太已经走到了大胡子跟前，后面跟着的是闵昌浩和林俊寒。灯光下，他的皮肤呈现出略微苍白的颜色，没有任何表情的脸，高贵而冷漠。可是那与生俱来的高贵气质却压迫着每一个在场的人。

"小兔崽子，给我滚开点！少来惹麻烦——"大胡子话未说完，已经挨了太子重重的一记拳头。他步履踉跄地连连后退了几步，刚站稳，又张牙舞爪地准备冲上去打人。

"啊——"随着一声狮子般的嚎叫，大胡子再次后退了几步，重重地跌倒在了地上。这一脚是儒雅清秀的林俊寒踢的，他愤怒的样子让他身边的两个好兄弟都吃了一惊。

熟悉林俊寒的人都知道他从不轻易动手，而现在，他居然为了个不起眼儿的女孩儿，打起了人！真是难得！

金耀太的脸不经意间顿时一沉。

"你，你……你们三个臭小子，我……我不会放过你们的……"大胡子说完，见寡不敌众，于是挣扎着站了起来，撒腿跑了。

"王八蛋，来一次，找死一次。"闵昌浩对着远去的背影咆哮着，唇边钻石的唇钉折射出盈润璀璨的光芒。

"朵朵，伤到哪里了吗？"林俊寒惊慌地上前安慰着哭泣的朵朵，星月般清澈明亮的眼睛含满柔情。他温柔地拍打着她的后背。

朵朵哽咽着摇摇头，仍旧将狗抱得紧紧的。

不知道为什么，当她再次听到自己的名字从他的口中吐出时，总觉得亲切无比，仿佛前生就认识的人。可是如果她的生命中有如此出色的男生出现过，她没理由不记得啊！搜寻遍自己所有的记忆，她还是失望了。

哎，不想了，不想了，只要有人关心就好了！

想到这里，她强迫自己将眼泪吞回肚子里，再冲着林俊寒露出湿漉漉的笑容。

"走吧，不玩了，真是麻烦的家伙。"金耀太斜眼瞟了一眼貌似亲密的两人，眼中隐约浮现嫉妒的火焰，他的瞳孔顿时收紧了，气恼地说。

"嗯，又是火龙帮的，下次再碰到，得好好收拾那家伙。"闵昌浩附和地点点头，咬牙切齿地说，唇边的钻石闪闪发光。

四人重新回到了车里。

真温暖啊，连小雪球都快乐地摇摆起了尾巴。

"奴隶，你住哪里？"闵昌浩漫不经心地问。

今天怎么哪壶不开提哪壶！咋就这么倒霉呢？她现在住在太子家的事情，连太子都不知道呢。不过，他迟早都会知道的，倒无所谓。可是，林俊寒也在啊，说不定会告诉他的妹妹林诗碧，还有闵昌浩那多嘴的家伙也在。真是可恶！她可不想刚来志尚高中，就成为所有女生的公敌。

"我家，我家……在……哪里……"

朵朵答非所问地结巴着，思考着答案。

"喂，你冷啊。奴隶。二太子问你呢。想找死吗？"金耀太怒气冲冲地扬起了手，正准备打下去，却被林俊寒及时伸手抓住了。

"本来都那么笨了，你还打。再打都成白痴了。"林俊寒解释着，太子终于放下了手。

朵朵感激地看了一眼林俊寒。哇，帅哥，善良的天使般的帅哥。好喜欢哦。

朵朵在心中比较着金耀太和林俊寒，感情的天平迅速倾向了林。虽然他有个很骄傲又自大的妹妹，可是既然她已经喜欢上她哥哥了，也就爱屋及乌不讨厌了吧。

"奴隶，住哪里？快说啊。"闵昌浩步步紧逼地追问着。

搂着小狗的女生仍旧沉默着，大半个头缩在衣领里，让她看起来就像个刚爬出海面的乌龟。

"说啊，否则——我把你和你的狗都扔这里了。等会儿那大胡子来，我们可不管了。"恶毒的威胁。

"不要，我说，我说……"朵朵连忙制止着，声轻如羽地说，"我，我住……金玉街，13号。"

金玉街13号？那不是太子的家吗？

车内的三个男生同时惊讶地叫出了声，将目光集中在朵朵的身上，林俊寒脸色突然难看得吓人，仿佛冻结了一层寒冷的白霜。

朵朵见三大校宝级别的帅哥都盯着自己，脸唰地红了，随即低下了头，又轻轻地点了点。

"难道，难道你就是我爸爸带回来的住在我家的女孩儿？"

朵朵没有回答，算是默认了。

"今后在家，也是我的奴隶。听到没？"金耀太恶狠狠地说。

不知道为什么，当他知道朵朵就是父亲带回来的住在他家的女孩儿时，竟然感到无比的愉悦。像有只鸟儿正扑扇着翅膀从心室里飞过似的，漾满了淡淡的温情。

Chapter 3
藏在面具里的天使

1

金玉街13号。

此幢别墅位于离城最幽雅的路段，独门独户带后花园和游泳池的豪华别墅彼此接连。皑皑白雪覆盖着屋顶，欧式的乳白色小洋房掩映在结满冰凌的大树下，就像迷失在童话里的水晶宫殿，美轮美奂。

洁白的墙壁，洁白的窗帘，洁白的鸭绒被子……

穿着白色小可爱的朵朵，睡在散发着柠檬清香的干净大床上，慵懒地做着美梦。

当然她梦中的主角就是全世界最幽雅最迷人最清澈的林俊寒啦。

"奴隶——""奴隶——"

几声拖长的怒吼从走廊深处传来。

My god，又是那个讨厌的混世魔鬼！！！

自朵朵住到金家后，除了最初据说是魔鬼生病，过了两天舒心的日子外，剩下的就真可以用地狱来形容了。金耀太那个家伙成天有事没事就大呼小叫着，连倒水和剥水果这类鸡毛蒜皮的小事都要她亲自服侍。真是把她累得够呛。

好在收留的小雪球活泼可爱，长长的白色绒毛配着一双鼓鼓的大眼睛，跳动起来，还真应了它的名字，活脱脱一团美丽耀眼的雪球，多少让她有些安慰。否则，为一条破了几个洞的名牌牛仔裤，去做一个月的奴隶，也真是太愚蠢了。

不想那个混蛋了，想我的小球球，还有白马王子林俊寒吧！

朵朵将头埋到了枕头里，继续睡大觉。

好不容易有个周末，她怎么能够轻易错过这梦境般美妙的时光呢！

咚——

咚——

哐当——

伴随着朵朵惨绝人寰的哀叫，房间的门被人踢开了。金耀太怒目圆瞪，凶神恶煞的脸仿佛从地下冒出似的在她眼前晃来晃去。

"起床啦，奴隶。给主人我准备早饭，你想饿死我吗？"

霸道愤怒的声音，房间里紧张的空气仿佛快要燃烧起来似的。

"不要……我还要睡嘛……叫赵姨……做……"

朵朵愤怒地翻了个身，一边将头缩进了棉被，一边睡意蒙眬地说着，眼看又要睡过去了。

真是笨蛋！白痴！无药可救——

金耀太暗暗咒骂着，恶作剧似的一把掀开了棉被。

"啊——"

又一声尖叫。

当看见穿着白色小可爱的朵朵，赤裸着洁白粉嫩的胳膊小腿，还有微波荡漾的胸脯，连一向张扬跋扈的太子也吓了一大跳，帅气的脸上顿时泛起潮红，连心脏都小鹿般跳跃个不停。该死，他怎么会有这样的反应呢！

咚咚……心脏跳得可真厉害！

难受，太难受了——金耀太觉得自己呼吸都快骤停般的，喘不过气。

这臭丫头，怎么睡觉连个睡衣都不穿呢！

"混蛋！"朵朵不顾淑女形象地咆哮着，回过神来，才想起什么似的，赶紧抓过棉被来，盖在身上。

天啊，这可是她第一次如此严重地曝光在异性的面前。

呜……呜……

这次可亏大了，她十八岁的冗长岁月里，连男朋友都没有过呢！真是太对不起她未来的男朋友了。

"闭上眼睛！转过身去！"翻身奴隶的命令。

金耀太刚想发火，但当他看见朵朵惊慌失措的傻乎乎的样子，还是一声不吭地照做了。不过，这臭丫头发火的样子也蛮可爱的，而且她身材皮肤都好好哦！

一分钟。

五分钟。

……

"穿好了吗？"金耀太不耐烦地闷声问着，难道她不知道眼睛闭这么久会很痛吗？该死的丫头，穿个衣服，怎么会花上这么久的时间！难道连身上的皮都给脱了重新穿上吗？

"等等，马上就好。不准转过来，不准偷看哦。"

早已经穿好衣服的朵朵，光着脚走到了太子身后，歪着脑袋打量着他——冬日的阳光透过白色的窗帘，洒下淡淡的光线。男生略微苍白的脸被照得晶莹剔透，一半脸隐约在暗淡的阴影里，爬满了忧伤。鲜艳的潮红顺着颧骨晕染开去，像两朵浸满汁水的花朵。他的眼睛紧闭着，浓密的长睫微微地颤动着……

温暖如春的气息在升腾。

矗立在房间的金耀太，纯真得像长了翅膀的天使。

朵朵凝神地看着，刚才的愤怒渐渐烟消云散了，内心竟然荡漾起无限的柔情。金耀太，他到底是个什么样的少年呢？邪恶霸道的他，怎么可以有着天使般透明的清澈羞涩呢？

不，朵朵，别再想了。否则你也会像学校里的无知少女，被他的魔力蛊惑的。不可以——

朵朵摇了摇头，好让自己清醒过来。

苍蝇？蚊子？

什么东西扎得他的皮肤微微地发痒，大冬天怎么会有这些虫子呢？而且他家被赵姨收拾得这样干净的。金耀太伸出魔爪，一把抓了过去。

"可恶，我的头发。"

朵朵痛得跳了起来。金耀太转过身来，这才发现刚才抓的不是蚊子，也不是苍蝇，而是这臭丫头的头发。

她在他身后站了多久了？她有没有看到他红着的脸？有没有听到他剧烈跳动的心脏？想到这里，金耀太身体微微颤抖了半晌，又装作漫不经心地问："奴隶，主人我的饭呢？"

"好啦。我这就去做。"朵朵低着头，轻轻说着，赶紧溜出了卧室。

哦，My god，今天真是超级倒霉，第一次曝光，又被人当场抓住偷窥，她可怜的小小的自尊心啊！

2

谢天谢地。

终于做好了早饭！

在厨房和锅碗瓢盆搏斗了半个小时的朵朵，终于在金耀太催命鬼似的吼叫，还有小雪球在她身边绕来绕去的"帮忙"中，完成了主人交代的任务。

她小心翼翼地端着一碗小米蛋花粥送到了太子面前。今天早上还真是倒霉，以往的周末都是赵姨在做饭，今天一大早却见不到她，更奇怪的是，一向爱睡懒觉，太阳照到屁股都不起床的太子，居然在清晨八点就起床了。真是稀罕。

今天是什么特殊的日子吗？

"又在发愣，真不知道你那么笨的脑袋还能想出个什么名堂？"

金耀太不屑地说着，接过了碗。该死，这黏糊糊的到底是什么东西？如此简陋的饭菜怎么配得上他高贵的肠胃？

"你做的是什么东西！我不吃！"男生生气地怒吼。

"很好的，你吃吃嘛。小米糯糯的，滑滑的，葱花配着鲜嫩的鸡蛋，每粒米饭上都带着蛋香……尝一口吧，可好吃了……保证你吃了以后再也不想吃别的……"为了不重新再做一次，朵朵露出甜甜的微笑，使出浑身解数劝说着。

……

"太子，再吃一口吧。妈妈做的菜可是世界上最好吃的。"幽雅端庄的少妇端着香喷喷的饭菜跟在一个孩子后面，小跑着。

"不吃。"小孩儿扭过头来，看了一眼饭菜，又跑了。

"太子乖哦，吃了就是妈妈最爱的乖孩子。"少妇仍旧耐心很好地笑着说，糯糯的声音像大年夜的年糕一样香甜。

孩子终于乖巧地停下了。

"是吗？太子吃了饭，妈妈会更爱太子是吗？"他歪着头问。

"是的，太子是妈妈最爱的乖孩子。"

……

"主人，尝一口吧。朵朵牌的小米粥可是世界上最好吃的了。"朵朵还在口干舌燥地轻哄着。

金耀太原本愤怒的脸逐渐柔和起来，皱着的眉头也渐渐舒展开来，终于拿起了勺子，舀了半勺，送进口中。

小米粥散发出浓香四溢的热气。

金耀太默不作声地慢慢咀嚼着。

朵朵长长地松了口气，继续观察着太子的举止。

怎么可能——金耀太的眼睛，他的眼睛里居然闪烁着水润的光芒！

眼泪！

钻石般璀璨的光芒！

天，他在哭吗？

朵朵赶紧用手揉搓了眼睛，还是如此。难道他被她的小米粥感动了？

真是让人琢磨不透的男生啊！太难以置信了！

"看什么啊！奴隶，走开啦！"发现有双眼睛正在偷窥自己，金耀太愤怒地咆哮着。为了掩饰自己的失态，说完话的他，赶紧将头埋进了碗里，大口吃了起来。

秋风扫落叶的速度，迅速吃完了一碗。

再来一碗。

转瞬吃得个底朝天。

我还要吃。

又是一碗。

天啊，一小锅的小米蛋花粥都被那魔鬼给解决掉了。她可是把她自己和小雪球的那份都算在里面的啊。可恶，都不给她留一点点。哪怕一小口也好啊！

朵朵清洗着空空的锅，快快地想着。小雪球夹着尾巴，在她脚边小声呜咽着，仿佛在向她索要食物。她去冰箱里给它倒了杯牛奶，又拿了几块蛋糕放在它的狗碗里，它这才欢喜地摇摆着尾巴津津有味地吃了起来。

"谢谢。"吃饱了的金耀太，对着朵朵丢下两个字，就匆匆回楼上的卧室去了。

朵朵看着他单薄狭长的背影，半天回不过神来。

奇怪，他竟然没有喊奴隶，还说谢谢！

金耀太今天到底是怎么了？她想起了清晨闭着眼睛，羞红了脸的太子；想起了喝着小米粥，落泪的太子；还有刚才竟然对她说谢谢的太子……

想着，想着，她发现自己居然傻傻地笑了……

不可以，朵朵——

绝对不可以再这样下去了。那都是他在演戏，是假的，是假的啊！快想你的林俊寒吧，不要再被他蛊惑了……

温暖的房间，散发出春天般温暖的气息，有颗萌动的春心在不经意间悄悄地生长。

3

今天果然是个稀罕的日子！

早上起来还是温暖明媚的阳光，此时却飘起了纷纷扬扬的小雪。

朵朵趴在窗边，透过窗户观望着雪景。雪花飘落，她的记忆悠悠地倒回了幼年。

　　……

　　"朵朵，下雪了，来爸爸抱着去看雪……"

　　中年男人慈祥地笑着，抱起了五岁的女孩儿，将她夹在夫妻俩的中间。

　　"呵呵，雪真漂亮啊，它们是会飞的天使吗？"女孩儿傻傻地笑着问。

　　"当然是天使啦，跟妈妈的朵朵一样，都是天使。"

　　旁边美丽的女人笑容恬淡地说。

　　"可是朵朵为什么没有雪白的翅膀呢？"孩子疑惑地又问。

　　女人略微沉思地想了想，仍旧温和地笑着。

　　"天使也是要长大才可以有翅膀的，丑小鸭不也是长大才变成天鹅的吗？"

　　"爸爸，妈妈说得对吗？"女孩又拉了拉男子的衣角。

　　"嗯，等我们的朵朵长大就是漂亮的雪天使……"

　　得到男子肯定的答复，女孩儿欢喜的笑声，银铃般地响起。

　　"呵呵，我要快快长大，变成天使……呵呵……"

　　……

　　朵朵的眼泪瞬间流了出来，顺着粉嫩的小脸冲出了两条欢畅的小溪。

自五岁那年她的母亲因为父亲的出轨，在一次意外中去世，已经整整过去了十三年。她再没有见过父亲，只听从前芳草镇的街坊说父亲跟那个缠着他的狐狸精结婚了，去了很远的地方。可是，他真的就忘记朵朵了吗？

十三年了，她对他的恨意已经逐渐趋于平和，然而思念却像古老的藤蔓植物般蔓延着，以至于每次见到和蔼可亲的金叔叔，她都会产生父亲回来了的错觉。

朵朵记得第一次见到金叔叔的情景，她从门缝里探出个头来直直地盯着那个从奔驰车里走出的男人，他约莫四十几岁，两鬓已生淡淡的华发。黑色的风衣上沾了尚未融化的雪花，令他看起来在儒雅高贵中又透着莫名的忧伤。不知道为什么，朵朵在见到这张脸时，总觉得似曾相识，有种与生俱来的亲切和熟悉感。

后来就是朵朵住进金家的事情了。

金先生似乎每天都很忙碌，一大早起床开车出去，通常都很晚才会回来。餐桌上通常都只有赵姨、朵朵和金耀太。朵朵来这里也有相当长一段日子了，却从来没见到过其他的人，那个神秘的女主人更是没有露过面。她有几次很想提起，却又怕多嘴，于是生生地忍了下去。

有几次朵朵起床上学，都看到金叔叔站在后花园中孤独的背影。

他的忧伤像羽翼丰满的翅膀，预备着飞翔。

这多少令朵朵心疼不已。

但朵朵仍旧打心眼儿里感觉得到，金叔叔对她的好。

印象最深的一次是有天她在半夜感冒发烧了，金叔叔竟然惊慌地起床了，并亲自开着车，将她带到医院。本来只是很小的病，他却依然倔强地坚持着让她做完了全身的检查，甚至还化验了血。抽了整整一大针筒的鲜血啊，真是痛得她够呛。不过，金叔叔为了让她把抽出的血补回来，特意去买了鹿茸人参等补品让赵姨煲成汤给她喝。每次，看到金叔叔为她忙碌的身影，她都感动得泪光闪烁。

上天是公平的，夺走了她的一个父亲，也就会还一个给她。

其实在朵朵心里，金叔叔俨然已经是自己的父亲了。

4

雪花仍旧飘飞着，冰清玉洁，宛如一个个翩然起舞的天使……

朵朵凝神地看着窗外一片洁白的世界，思绪起伏。

正想着，冷不丁耳朵边传来一声沉闷的声音。朵朵赶紧擦干了眼角的泪水，调整了情绪。

回头——

天啊，这是她的幻觉吗？

穿着一身深色西装的金耀太赫然站在她的眼前。笔挺的圣罗兰西服让他的身材显得愈发高大挺拔。一双冷漠的眼睛镶嵌在棱角分明的脸上，高贵中带着超凡脱俗的气质。他直直地凝视着她，这样的表情从未有过。

时间仿佛在刹那之间静止了。

全世界都退到了想象之外。

两个人的目光穿过空气，纠缠在一起。

偌大的房间温暖如春，只有雪花坠落的声音，低沉暧昧。

　　几分钟后。朵朵终于回过神，羞涩地垂下了眼帘。月牙般灵动扑扇的眼睛，波光潋滟。

　　"我出去了。"金耀太似乎也意识到之前的失态，故作漫不经心的姿态，冷冷地说。

　　可恶，这个女孩儿，怎么老是让他心跳加快，呼吸困难？刚才他在客厅里其实待了好久了，一直看到她动也不动地趴在窗边，默默地流泪，令他的心痉挛着疼得厉害。他自己也说不清楚这其中的原因，难道是因为在心疼她吗？

　　走出房间，金耀太仍旧觉得心脏疼痛得厉害。自从这女孩儿住进来，他从前很少痛的心脏，就开始频繁地疼痛起来，有时候甚至痛得让他无法呼吸。他对自己身体的异常反应，深感不解。

　　——是爱上她了吗？

　　想到这里，他自己都吓了一跳。

　　可是世界上有这样的天使般纯净的女孩儿真是美好，他看到她真的觉得好高兴。哪怕宁愿心脏继续疼痛下去，也不希望她哭泣。

　　5

　　赵姨回来时已经是傍晚，手里提着几包食物和一个精致的大蛋糕。

　　冬季的白天总是很短，不到七点天已经快黑尽了。华灯初上，几星灯光点亮，宛如梦中盛开的朵朵樱花。

　　雪花飘过暗淡的空气，无声地坠落，仿佛一个个扑扇着翅膀的雪天使。

　　"朵朵，饿了吗？想吃什么，赵姨去给你做？"胖胖的赵姨把几包东西和蛋糕放到厨房里，这才回到客厅，对朵朵露出温和的笑脸，恬淡地说。

　　"不饿。金叔叔和金少爷什么时候回来呢？"朵朵期盼担心的声音。

　　"今天会很晚。我在这里工作了快十年了，每年的今天都是这样冷冷清清的。"赵姨长长地叹了口气。

　　"今天是什么特殊的日子吗？对了，赵姨，你买蛋糕做什么，有谁过生日吗？"想到今天一整天，金耀太的反常举动，朵朵好奇地询问着。

　　赵姨陷入了沉思。

　　朵朵眨巴着期待探询的目光，等待着。

　　"好吧。本来不打算告诉你的，可是看在金先生对小姐那么好，简直像在对待自己的亲生女儿……我就告诉你吧。"赵姨眼睛里涌起忧伤的雾气，面色沉重地继续说道，"今天是少爷的生日。"

　　"生日？"

　　朵朵更觉得奇怪了，她想象中像金家少爷这样出身显赫的孩子，生日理所当然应该大肆操办才对啊。

"是的，今天是金少爷的生日。可是，也是他母亲的忌日。"赵姨顿了顿，陷入了对往事的回忆，"少爷的母亲是个贤惠的女人，我从来没见过那么知书达礼，又温和善良的女主人。那天晚上，本来一大家人正高兴地给少爷庆祝生日。可是少爷突然想看烟花，于是夫人带着他去买。金先生说让司机开车去买，夫人却兴致很高，非得要亲自带儿子去挑选。结果，就在过马路时，遇到一辆失控的汽车，夫人扑过去救下了少爷。可是，她自己却……却……"

赵姨说不下去了，眼眶红红的，小声地啜泣着。

朵朵早已经泪流满面了，她从来没有像现在这样，如此迫切地希望见到金耀太过。

"金夫人……是……被车撞……死的吗？"朵朵哽咽着断断续续地问。

赵姨摇了摇头，好不容易整理了情绪："夫人并没有被撞死。她是……她是……惊吓过度，紧张过度，引发了心脏病而死的。"

雪花轻轻地飘落，坠落在地面上，发出支离破碎的呜咽。

她明白了——那个少年的眼底为什么冷漠，那个少年为什么会哭泣，那个少年为什么总是喜欢把自己伪装成魔鬼……

他的所有的一切都只是因为对自己的厌恶。

他所有的伪装只不过是希望得到赎罪而已。

他跟自己多么的相似，都为母亲背负着沉重的枷锁。

赵姨的声音还在响起，不过已经较之前冷静了很多。

"从那之后，每年这天，金先生和少爷都很少待在家。即使在家，也不是两个人同时都在。金先生很爱儿子，却无法释怀。而少爷则通常去了夫人的墓前。"

原来他中午换了一身深色的正式西装出去，是为了去给母亲扫墓。

"赵姨，告诉我金夫人的坟墓在哪里，我要去找他，求求你了。"朵朵颤抖地说着，泪流满面，她多么想找到他，告诉他，他不是孤单的一个人。

她还要告诉他，他其实有一颗天使般透明的心。

"他会回来的。好姑娘，天这么冷的，你还是待在家里等吧。"擦了眼泪，赵姨强装出笑脸，"记得为他过生日。以前的今天都是我悄悄将蛋糕放在他的卧室里。今年你来了，就由你来代劳吧。"

朵朵拼命地点头，已经发不出任何声音。

"我先去睡了，饭菜我都买好了。他回来你热热就可以吃了。金先生今晚大概不会回来的。"赵姨说完，拖着疲惫的身体，抹着眼泪走了。

看着赵姨臃肿矮胖的背影消失在奢华的走廊尽头，眼泪再次潮水般地泛滥了。

6

挂钟第N次敲响了。

朵朵疲惫地倒在靠近门口的沙发上，毛茸茸的白色大衣上沾满了雪花，与她融为一体。她舒展着全身的筋骨，长长地吐了口气。忙碌了接近三个小时，她终于为魔鬼——不，是藏在魔鬼面具之下的天使准备了一份特别的生日礼物。

真是累啊——

她揉捏着冻得麻木的腿脚，大口哈着气。呼出的气团，氤氲出白色的雾气，仿佛吹出的泡沫，再盘旋升腾着消失。

隔着偌大的玻璃，朵朵出神地凝视着从天而降的大雪。

纷纷扬扬地，坠落，

睡莲般悠然地盛开，

将储存了整个冬天的雪蕊，

酿成最浓郁的爱恋……

……

伴随着雪花掠过空气的声音，朵朵的思绪也跟着飘去了远方。

金耀太现在在哪里呢？这样想着的她，仿佛看到了穿着深色西服的王子般英俊的男生，长久地跪在母亲的坟墓之前，雪花将他镀成了雪人的情景。他一定又躲起来，偷偷地哭泣，雪花沾在他长长的睫毛上，被他滚烫的体温，融化成晶莹的眼泪……

那幅画面就这样生动而残忍地展现在朵朵的眼前，让她心痛到难以隐忍，泪水宛如涨落起伏的潮汐，汹涌地将她覆盖。她的心从来没有如此的柔软过，那么轻缓，那么温暖。

挂钟敲响第十次时，她终于在哭泣中睡了过去。

记忆之门在光束中轻轻开启，五岁的那个夜晚在梦境里再次重现。

······

她听到隔壁中年妇女隐忍悲戚的哭声，夹杂在细细碎碎的声响里。

在静谧的夜晚，盘旋着蔓延开去······

五岁的女孩儿穿着洁白的睡衣，揉搓着惺忪的眼睛坐了起来。

她知道这是母亲的哭声······

她知道自从父亲经常不回家开始，母亲就天天哭······

她还记得深爱她的父亲也是从那时候起，不再叫她宝贝，不再亲吻她，拥抱她······

母亲——她光着脚来到母亲的卧室，透过虚掩的门缝，她看到母亲正坐在窗台上······

难道母亲······难道母亲和父亲一样，要丢下她了吗······

不，绝不——

妈妈——

她叫了起来······

朵朵······

母亲回过头来，朝她露出一抹淡然的微笑······

她朝她伸出手来，准备拥抱她的女儿······

妈妈——

她奔跑了起来，向着自己最爱的亲人······

啊——

随着一声尖叫，漆黑的夜空盛开出一朵洁白的花朵，像冰山的雪莲花……

悠然间盛开了……

一道刺目的白光穿透了夜空，像天使圣洁的光环……

白光照得她睁不开眼睛……

……

许久之后，光线终于消失，也带走了母亲……

不，不要——

冷，妈妈，我冷……

7

客厅的大门打开了，冷风透过敞开的门缝，吹了进来。朵朵浑身打起了寒战，瑟瑟发抖着，猫一样蜷缩进了沙发的角落。

雪人般的金耀太从门里走了进来，一眼看到了沙发边上缩成一团的女孩儿。

路灯透过明净清澈的玻璃，橘红色的光线洒满了女孩儿娇嫩的容颜。细细茸茸的短发，随着呼吸微微颤动着。莹白的皮肤，透出水晶般晶莹剔透的光泽。眼帘低垂，密集浓黑的睫毛水草般地覆盖着。配着娇小微翘的鼻子，和一张饱满的花朵般的嘴唇，处在光环中的女孩儿，散发出一种不动声色的美丽。

她的身后，仿佛有一双翅膀，正在扑扇扑扇地轻颤着。

像着了魔般，金耀太原本坚硬的内心，竟然变得无比柔软。

温暖的情愫，涟漪般渐渐扩大，心里的冰山正在融化，融化……

他情不自禁地放慢了脚步，尽量不发出任何声音地走到了沙发前，蹲下来，打量着熟睡的朵朵。他从来没有如此地看过一个女孩儿，是的，在他十九岁的年月里，这样的事情，从未有过。

瘦弱的女孩儿沉沉地睡着，突然颦起了眉头，在梦中发出吃语般的低低呜咽。两行眼泪顺着水草般密集的睫毛滚落。看到这一幕的金耀太，陡然间觉得自己的心都缩紧了，又纠结着疼痛得厉害。她梦到了什么？为什么会如此的痛苦不堪？

这一刻的少年突然很想了解朵朵的过去。

如此迫切地想要了解。

身体里有种欲望在萌动，旺盛地生长着。

他真想将女孩子小小的身体拥进怀里，抚平她颦着的眉头。他真想吻落她的眼泪，从此除了幸福的眼泪，再不让她流泪。

金耀太将脸靠近了梦中的朵朵。

越向她靠近，他的呼吸就越是急促，心脏剧烈地跳动着，疼痛清晰明了。

当他快要凑到她的嘴唇上时，她睁开了眼睛。

脸色苍白的少年赫然出现在她眼睛的上方，朵朵眼睛越睁越大，终于跳了起来。原来她梦中闻到的青草混合着柠檬的香味，正是少年鼻翼间的气息。

明白真相的朵朵，羞涩地低下了头，一抹红晕将她的脸渲染得格外明艳。

"那个……那个，刚才你脸上……叮了个蚊子……"金耀太红着脸支吾地解释着。

看到少年窘迫尴尬的模样，朵朵强忍着，不让自己发出笑声。

呵呵，他撒谎的样子真可爱。

大冬天的，蚊子早都死了，哪里还有嘛！就算她脑袋天生很笨，可是这点常识还是懂的啊！

可是，如果这是他的借口，那他真正的意图是什么呢？

难道——

朵朵不敢再想下去，脸羞得更红了。为了掩饰自己的失态，她不停地用手挠着茸茸碎碎的头发。

寒冷的冬夜，房间里却弥漫着温暖的气息，爱情的天使在屋顶盘旋着飞翔。

"我，我……我去睡了。"金耀太打破了沉默，语气温和地说，"你也早点睡吧。"

真是奇迹啊！

早上还是魔鬼般的少年，现在却仿佛变成了天使，"奴隶"两个字，他已经大半天没有说出口。不过，现在的他看起来更帅了，英俊高贵中透出一股可爱劲，真仿佛童话里跳出来的长着洁白羽翼的天使王子。

金耀太的脚步声渐渐远去，朵朵这时才想起什么似的，慌忙叫了起来。

"金耀太……不，不。主人……等等，等等，主人。"

"还有事吗？"金耀太转过头来，温和地说。

"嗯。生日快乐！"朵朵奉上温暖的笑脸，真诚的祝福。

"谢谢。"金耀太也笑了，嘴唇在空气中画出一道优雅的弧线。又笑着补充了一句，"奴隶。"

　　金耀太说完上了楼梯。当他走到最后一个台阶时，又一声急促的声音从大厅里传来。

　　"主人，再等一等。"

　　"又怎么了？"

　　"我……我……我为你……那个，那个准备了……生日礼物。"朵朵低着头鼓起了勇气，终于说出了口。

　　朵朵话音刚落，处在高处的金耀太，眼睛里突然闪烁着明亮的光泽。心口的感动再次铺天盖地地席卷而来，潮水般地淹没着，覆盖着。

　　8

　　深夜的后花园。

　　静谧的夜空，雪不知什么时候已经骤然停了。只有几点零星的雪花还在欢喜地飞舞着，仿佛被风吹散的蒲公英。雪后的空气散发出清新干净的味道。花园里几棵高大挺拔的白杨树上，结满了长长短短晶莹剔透的冰凌。

　　橘红色的灯光，照射在白色的积雪上，折射出迷离炫目的光芒。

　　这般如诗如画的梦境……

　　"闭上眼睛。"

朵朵大声地吩咐着。

金耀太莫名其妙看着笑靥如花的朵朵，不知道精灵可爱的她，又想出了什么新花样。

"主人，快闭上眼睛吧。"

朵朵再次吩咐着。

看见朵朵嘟起的嘴唇，他无可奈何地闭上了眼睛。

"不准偷看哦。五分钟才可以睁开哦。"

"嗯。"

"好，现在开始计时。"

"一，二，三……"

金耀太默默地在心里数着，内心充满了愉悦。自母亲因他发病而死后，在冗长的时间里，再没有任何人像样地为他庆祝过生日。如果不是赵姨，他都忘记今天是属于自己的节日了。可是，当他的节日成为母亲的忌日，也实在不值得庆祝。这么多年，他都习惯这个冷清的生日了。

这个天使般的女孩儿，又勾起他对过去美好日子的回忆。

他仿佛又回到了母亲去世前那种单纯透明的青葱岁月。

眼睛湿湿的，心却暖暖的。

"好了，可以睁开眼睛了。"

朵朵微笑着说。

其实金耀太眼底的泪水早被她发现了，她在他面前站了大概有一分钟之久，可是这个迟钝的少年却仿佛全然感觉不到似的。本来她算计着点燃几十支蜡烛至少要五分钟，哪知道有天公作美，空气虽然寒冷，却没有一丝的风，所以她才赶在三分钟之内就做完了。

喘息了一分钟调整情绪，还余下一分钟欣赏帅哥。

呵呵，太子真英俊啊。

眼睛湿漉漉的他，仿佛是不小心坠落到人间的不食烟火的天使。英俊的容颜安详如同初生的婴儿，均匀的呼吸，吹出一团团白色的雾气，氤氲着他完美的容貌。浅栗色的头发，衬托得他的脸愈发苍白，却又多了股震慑人心的诡异力量。

朵朵已经一整天没有想过林俊寒了。

她发现自己正在喜欢上这个魔鬼般的天使。

可是这次，她是心甘情愿的。是的，她喜欢的少年是魔鬼，天使变成的魔鬼。

金耀太浓密的睫毛颤了颤，雪花簌簌地抖落。

随即，睁开了眼睛。

烛光。

红色的烛光。

跳跃的鲜艳的火焰。

星星点点的光芒，樱花般在月光下的雪地里盛开，璀璨如同夏日夜空的繁星。烛光萦绕中，放着一张铺开的地毯，地毯上面放着个巨大的生日蛋糕。蛋糕上插满了十九支蜡烛。

一如他十九年灿烂忧伤的青春年华。

金耀太眼睛蒙眬了。

该死——这个女孩儿为什么对自己如此的好？他总是天天将她当奴隶一般呼之即来，挥之即去，他对她如此恶劣。可是为什么，她还是像天使般守护在他的身边？为什么？

"吹蜡烛吧。快十二点了，趁生日还没过去，快想个愿望吧！"朵朵笑眯眯地催促着，月牙般弯起的眼睛，温柔地注视着少年。

"你，为什么要这样对我？"金耀太终于忍不住问道。

朵朵收回了目光，仰头看着天上飘落的雪花。

"因为我想做个白雪般纯净善良的天使啊。而且我发现，主人除了任性点，凶悍点，粗鲁点，成绩差点，爱惹是生非点……"朵朵如数家珍地说着，一旁的金耀太早已经脸色铁青。可恶，这个女孩儿到底是在赞美他，还是在贬低他啊。

"嗯，除了这些，你其实还是个很善良的男生。"说了一大堆的缺点，朵朵终于说到了重点。

"就因为这样所以你就对我好吗？"金耀太步步紧逼地问。当这句话说出口时，他马上又担心起来。他真害怕朵朵说出的原因，与自己内心的猜想不一致。

此时的太子，就像个等待宣判的囚徒，紧张地观察着朵朵的表情。

"嗯，就因为这样。"朵朵点点头，继续说道，"善良的人死后会变成天使，而坏人死后就变不成天使了。我看到你善良的内心，所以我想你就是那只折翅的天使。我要为你医治好翅膀，这样你就可以和所有善良的人在一起了。"

朵朵陶醉在了自己的幻想里，情不自禁地闭上了眼睛，烛光映照着她的脸，暖暖的，柔柔的。几朵调皮的雪花打在她的脸上，仿佛天使飞过不小心坠落的羽毛。

金耀太俯视着对面娇小的女孩儿，心又开始疼痛了。

"这样就可以和你在一起吗？"他问。

"嗯，如果你变成天使的话。"朵朵一脸真诚地回答。

金耀太用手按住疼痛的心脏，苍白的脸露出羞涩的笑容。讨厌，现在的他到底怎么了，一激动，心就痛。这个女孩儿啊，到底是天使还是他的魔鬼呢？

"快许愿吧，主人。"朵朵看了看腕表，焦躁地催促着。

天啊，还有五分钟就到零点了。

可恶，再不许愿，她精心准备的生日礼物就泡汤了。

见朵朵着急得满脸通红的可爱模样，金耀太突然很想逗逗她：

"我还没想到愿望呢！再等会儿吧！"

"不要，主人，求求你许愿吧！"朵朵神色慌张地说着，将他推到了蛋糕前，强迫他双手合十，许愿，再吹蜡烛。

被她折腾了一两分钟，金耀太终于听话地将双手合十，放到了胸前。

"母亲，原谅我的罪过吧。请让我来守护这个天使般的女孩儿。"

金耀太睫毛动了动，默默地祷告着。

　　蜡烛渐渐融化了，滴落在周围的雪地里。雪也化了。夜空下，冷漠少年的冰霜般的脸也像融化的积雪般，柔和而温情。

　　潮湿的白雪亲吻大地。

　　一如，一如你我初见的冬季。

　　你微笑的眼眸，

　　好似，天边最亮的北极星。

　　纵然有天，这雪花全部蜕变成空气，

　　也请你记得，我爱你的气息，

　　还有，我想向你靠近的心。

Chapter 4
全宇宙的爱至此开始

1

又一个阳光明媚的冬日。

接连几天的大雪，让整座学校铺了层厚厚的积雪，再被温暖的阳光一照，折射出斑驳璀璨的光亮，仿佛无数跳跃在地面上的钻石。风吹过高大的白杨树，树上的积雪簌簌地抖落，仿佛又下起了纷扬的小雪。

学校的操场上，一些同学趁着还未上课，打起了雪仗。穿着厚厚冬装的男生和女生，玩得不亦乐乎。雪球在空中飞来飞去，被击中的人也不生气，仍旧盈盈微笑着打得更欢畅了。几个乖巧可爱的女生，在白杨树下堆起了雪人，刚要完成，却被某个调皮的男生推倒了头。惹得众女生一起抗议地追赶着。

雪地里到处是和谐温暖的景象，欢声笑语弥漫了整座学校的上空。

朵朵坐在位置上，出神地看着操场里嬉戏追逐的同学们。恬淡的脸上，露出淡淡的笑容，月牙般的眼睛微微眯起，被风吹乱的细茸茸的短发，调皮地摇曳颤动着。

安静的女孩儿，宛如一簇馨香的茉莉，不动声色中暗香涌动。

"奴隶，看什么呢？"刚进教室门的金耀太，将目光越过众人的黑色的头顶，直接落在朵朵的脸上，他径直走到她的身边，温和地问着。

"你看，他们玩得多开心啊！"朵朵回过神来，仰头看着身穿白色羽绒服的金耀太。目光里全是如水的柔情。自从上次她为他庆祝了生日，并且从赵姨口中了解到他与她相似的过去，她就发现自己对他的感情已经不一样了。

像所有春心萌动的少女，她时常呆坐着发愣，想到他时会暗自发笑，看不到他会心烦意乱，焦躁难安，但真见到了又心跳加快，不知所措。特别是当她想到林诗碧时，更觉得心痛难忍。

"别吵到我的未婚夫！"

每次想到这里，朵朵都忍不住浑身颤栗，冷得厉害。

可是，当她感受到金耀太的变化时，又顿时深感欣慰，欢喜地笑起来。

虽然他仍旧叫她奴隶，可是语气却是轻柔温和的，糯而磁的声音，像初春的小雨，滋润着少女萌动的春心。他不再穿一些标新立异的韩式服装，之前戴在手腕和脖子上的白金链条，也悄悄地取了下来，换成了一条样式简洁的白金十字架。

他开始跟她一样酷爱白色。

两个人经常穿着颜色相同的衣服坐在教室里，乍一看，还真像穿着情侣装的亲密恋人。

丘比特之箭就这样同时射中了两个人。

谁都可以感受到对方的喜欢，却都没有勇气先去挑破那张透明的纸。

"你喜欢玩雪？"

温和低沉的声音。少年身上的白色衣服，将他苍白的脸，衬托成了透明的颜色。

晶亮的眼眸深情地凝视着少女。

朵朵红着脸点了点头。

少年的目光霸道地注视着她，再次问："玩雪你会很开心，对吗？"

"我想是吧，主人。"朵朵再次点头。

话音刚落，她的手就被他握在了他那宽大的掌心中。

他的指尖冰凉……

她的心却滚烫，滚烫……

朵朵惊恐地看着自己被他握在手心的小手。天啊，这里是教室，要是被同学们看到，特别是被林诗碧看到，就算她是九条命的猫，也不够死了。

"来，我带你去玩。"

金耀太没有顾及朵朵的挣扎，反而将她的手握得更紧了。

正在教室里休息的同学都将目光集中在了两人身上，旁边正在看琼瑶爱情小说的倪安安，索性将书扔到了一边，改为观看现实版的爱情故事。

"朵朵也真是太不够意思了。"她生气地小声抱怨着。

前几天，她还悄悄问过朵朵，是不是在和太子谈恋爱，这家伙却将头摇得跟拨浪鼓似的，红着脸否认了。虽然她没有再多问，可是心里却不是滋味，觉得朵朵并没有将她当真正的好朋友。

金耀太最近几天的变化实在太大了，不但是外形，仿佛内在也跟着变好了。上课再也不睡觉，也不顶撞老师，而且居然连迟到都没有过，更别说旷课了。他的改变仿佛只是一夜之间的事情，这点不止倪安安，全班甚至全校同学都发现了。

可以如此快速地让一个劣迹斑斑的男生脱胎换骨地改变，当然只有爱情了。

所以，当金耀太牵起朵朵的手时，班上的同学并没有表示出过多的惊讶。其实这些天看到太子的改变，还有他身上跟朵朵如出一辙的白色衣服，每个人都心知肚明了。

这样的一幕是所有喜欢林诗碧的男生都乐意看到的，太子退出后，他们又可以追求林诗碧了。只是喜欢太子的女生，就只有羡慕的份儿了。她们愤怒的目光，仿佛要将太子身边天使般的女生吞噬撕裂般的。

"走啊，别磨蹭了。再不去又该上课了。"金耀太催促着，声音却依然是柔和的。

朵朵只得红着脸，跟随着他，越过同学们注视的目光，向着阳光下的雪地走去。

2

在雪中前行，

你温柔的手牵着我的手，

手心亲吻着手心，温暖暧昧……

让我牵着你的手，

在雪和阳光中追逐嬉戏……

金耀太俯身抓了一大把雪，揉捏成雪团，扔向了雪地里精灵般的女生。

浅栗色的碎碎长发，在阳光下闪烁着动人的光芒。他的笑容在略微苍白的脸上，荡漾起温柔的涟漪。

朵朵笑着跑开了，像一只欢喜的小鹿，再抓起一把雪，回扔给了梦幻般英俊的少年。

"奴隶，停下。还敢还手，看我怎么收拾你！"金耀太装作愤怒地咆哮着，又抓了把雪，追了上去。

于是两个雪白的人，一个在前面跑，一个在后面追，欢声笑语连绵不断地传来，透过潮湿的空气，在空旷的操场上空蔓延开去。

几乎所有教室的窗户都同时打开了。

窗前挤满了看热闹的学生。女生们嫉妒地大声尖叫着，男生们也加了进去，大声起哄地闹着。

整个志尚高中的学生都沸腾了。

几分钟后，三年一班的金耀太和朵朵恋爱的消息，就像长了翅膀似的飞遍了学校的每个角落。

正在排练厅彩排圣诞晚会节目的林诗碧也听到了这个消息。她美丽的眼眸燃烧起熊熊的火焰，连舞蹈衣服都来不及换下，就愤怒地冲去了"事发"地点。

雪地里，两个穿着白色情侣服装的男女，正在快乐地嬉戏着。男生浅栗色的长发，在阳光下刺得她睁不开眼睛。她从小跟金耀太一起长大，又从小被两家大人指腹为婚，却从未见过如此干净清澈的太子。

他在她面前从来都是摆出一副玩世不恭，又痞气霸道的模样。

他甚至从来没有给过她一次发自内心的笑容。

林诗碧的眼睛湿润了，氤氲起白白的薄雾。

她一直容忍太子周旋于各式的女生中间，等待着他对她敞开心扉。她见过他身边太多的女生，却没有一个女生可以让太子发生如此翻天覆地的改变。因此，她可以轻易击退那些自以为是的女生。可是，现在这个穿着白衣服的女生却第一次让她感觉到害怕。

林诗碧向着雪地里的两个人走近。

只穿着单薄舞衣和舞鞋的她，在雪地里留下一长串小巧精致的脚印。

她感觉不到丝毫的寒冷，心中的愤怒让她浑身发热。

所有教室的窗前都人山人海，志尚高中的学生都神情紧张地观望着，眼看一场大战即将爆发。

茫茫雪地里，空气仿佛也瞬间凝固了。

嬉戏追逐的两个人却丝毫没有感受到周围的变化。当朵朵再次将雪球扔向了太子时，他终于借此机会抓住了她，并将她瘦弱单薄的身体拥进了怀里。

　　他终于抱住他的天使了。

　　一阵香草芬芳清澈的味道传来，多么的温暖，朵朵幸福地闭上了眼睛。

　　"金耀太——"

　　愤怒的咆哮传来，泪流满面的林诗碧出现在眼前。

　　朵朵惊慌地睁开眼睛，赶紧挣脱了太子温暖的胸膛。

　　红色的紧身舞衣，将女孩儿曼妙的身材包裹得恰到好处。修长的脖子，让她看起来，像一只高贵的白天鹅。女孩儿脸冻得红红的，鼻头微微颤动着，刚哭过红色还未消退。一双美丽的眼眸湿漉漉的，早没有了以往的傲气凌人。

　　看到林诗碧的样子，朵朵突然觉得心疼，她抬头瞟了一眼金耀太。只见他又恢复了从前的冷漠，苍白的脸没有任何的表情，一双眼睛流露出玩世不恭的味道。

　　"怎么，你也有兴趣跟我们一起玩？可是怎么办呢，我只想跟朵朵在一起。"寒冰般凛冽的声音，没有任何的温度。

　　林诗碧身体瑟瑟颤抖着，布满红色血丝的眼睛直直地盯着阴郁的少年。

　　"金耀太，你别忘了，我才是你的未婚妻！我才是！我才是将来跟你结婚，守护着你到老去，到死去的那个人！"

林诗碧声嘶力竭地呐喊着，仿佛要将自己身体最后的力气用尽似的。

"林诗碧，你别生气。我走，我马上走！"朵朵不忍地安慰着她，深情地看了一眼太子，悲伤地转过了身，朝教学大楼走去。

朵朵，你这个大白痴，你怎么可以喜欢上别人的未婚夫呢？他不是你该去喜欢的人啊？

这样想着的朵朵，忍不住鼻子一酸，眼泪扑簌簌地掉下来。

"奴隶，站住。"看到准备离开的朵朵，金耀太似乎又恢复了从前的盛气凌人，一把将她抓了回来，她的眼泪都被他看在了眼底。

心又忍不住痛了起来。

可恶——他生日的夜晚才发誓不再让她哭泣的，现在却又惹她哭了。

金耀太，像个男子汉一样大声说出你的爱吧。

让全世界都知道她是你的谁吧！

"林诗碧，你给我听着，我对你，没——兴——趣。"打定主意的金耀太不顾女孩儿狼狈凄凉的处境，将朵朵的手再次放进手心，动情地说，"朵朵才是我爱的女孩儿，她才是我渴望用一生去守护的女孩儿。"

——朵朵是我渴望用一生去守护的女孩儿。

有什么比最爱的人给予如此深沉的承诺更让人感动的呢？当金耀太说出的这番话在朵朵耳边响起时，全世界的阳光仿佛都照耀到了她的身上，幸福堵塞在她的胸口，让她无法呼吸。

这一刻起,她成了所有女生羡慕的对象。

"不,太子,不是这样的。你骗我对不对?告诉我,你是骗我的?"

冬日温暖的阳光下,身着红衣的女孩儿语无伦次地低低呢喃着,像一朵在风中摇曳的玫瑰花。

"是的。是有人骗你,是你自己而已。请你别再用金耀太未婚妻的身份来骗你自己了好不好?我会让我的父亲解除我们的约定,将来可以成为我妻子的人,只能够是朵朵。"金耀太一脸严肃地说,他温柔的一面是只留给朵朵的。

"金耀太,你只能够是我的。我永不放弃你!"

林诗碧歇斯底里地说出最后一句话,哭着跑开了。她红色的身影,消失在茫茫的白雪深处,像一簇渐渐熄灭的火焰。

"朵朵,做我女朋友吧!"

金耀太捧起朵朵的脸,温柔地说,脖子上的十字架项链在阳光下波光潋滟,一如他晶亮的眼眸。

"你先解除我的奴隶身份吧,主人!"月牙般的眼睛含满了幸福的泉水,女孩儿幸福地呢喃着。

"好,我答应你。我们交换条件吧!你做我女朋友,我也不再是你的主人!"

"嗯。"

"我喜欢你,朵朵。"

"太子，我也喜欢你。"

操场上空突然爆发出热烈的掌声。

有几个特别感性的小女生，竟然感动得哭了，抓起身边男生的衣服，就不分青红皂白地往上面涂抹着鼻涕和眼泪。

3

谁也没有留意到远处的白桦林下，有一双忧伤的眼睛。

"朵朵，你知道吗？我也喜欢你，那时候你还是芳草镇上扎着两根麻花辫的小女孩儿，你喜欢唱外婆的摇篮曲。我就是当年为你抓蟋蟀哄你开心的小哥哥。你真忘了我吗？"

林俊寒悠悠地说着，微蹙着眉头，双眼渐渐红了，泪花隐现，直至泪落。

茫茫的雪地，爱的讯息漫涨。风吹过白桦林，树上的积雪纷纷坠落，再被风吹到操场上拥抱的恋人身上，宛如婚礼上祝福的花瓣。

爱融化进每一朵雪花的花蕊，这是冬日无声的检阅。

4

离圣诞节还有一周，朵朵专程去医院探望了外婆。

就在医院的走廊里，她看到一个熟悉的背影，头发高高挽起，露出修长如天鹅的脖子，她穿着妖娆的桃红色毛衣，褐色的带流苏花边的裙子，仿佛她经过的空气都氤氲起妖娆的雾气。

林诗碧？

是的，除了林诗碧还会有谁呢？

可是，她到医院来做什么呢？朵朵这样想着，赶紧加快了步伐，朝外婆的病房走去。天啊，不会她因为嫉恨自己，就来伤害她唯一的亲人吧！

她不敢再想下去，脚步越来越快，简直像飞起来似的。

外婆的病房门虚掩着，她在门口调整了气喘吁吁的气息，又在胸前划了十字架，这才推开了门。

"朵朵，我的乖孙女！"病床上枯瘦的老人见到她，立刻露出温和的笑容。这一笑，脸上褶皱的纹路就更深了，就宛如一张布满沟壑的地图，朵朵心疼地赶紧上前握住了外婆的手。

"外婆，你还好吗？"朵朵柔声地问。

"嗯，还是老样子。"外婆叹了口气，又指指桌边的一大篮水果说，"刚才有个自称是你同学的女孩来看过我，跟我聊了好久，我还跟她讲一些你小时候发生的事情呢！你代我谢谢她！"

朵朵被外婆这一指，这才发现桌子上果然放着一大篮子新鲜的水果。

这显然是林诗碧送来的，可是她为什么要这样做呢？

想到那天在雪地里林诗碧绿悲伤怨恨的样子，她顿时脊背发凉。整整一个下午，她都在思考着一些莫须有的问题，有几次外婆叫她，她都半天才反应过来。

快傍晚时，她接到金耀太催促她回家的短信，这才满心困惑地告别了外婆，离开了医院。

积攒了一天的大雪，终于在傍晚时下了起来。

从医院出来的朵朵，赶紧跑到了路边的屋檐下躲避。

"朵朵！"一辆红色的法拉利在她身边停了下来，林诗碧像个高贵的女王般从窗户里探出头来，叫着她的名字，艳若桃花的脸上，露出一抹诡异的笑。

朵朵没有搭理她，继续朝前走着。

"我今天去看你外婆了。"她自顾自说着。

"嗯，我知道，我外婆让我谢谢你。"她头也不抬地回应着，继续赶着路。身边的豪华轿车也不紧不慢地跟着她。

约莫一分钟，林诗碧好像失去了耐心，她把车开到朵朵身边，意味深长地说："太子只能够是我的。"

她邪邪地说着，发出十分诡异的笑声，开着车走了。

雪地里留下一串鲜明的车轮痕迹。

朵朵只觉得全身冰冷，无力地蹲在了路边，泪流满面。

5

相爱的日子是透明的，即使是在寒冷的冬天，也感觉不到凉意。

爱温暖了整个冬季，每一天都灿烂如春。

平安夜那个晚上，金耀太等父亲和赵姨熟睡后，悄悄叫醒了朵朵，将她带到了后花园，送给了她第一份礼物。那是一串白金的项链，坠子是和他相同的十字架，十字交错的中心，镶嵌了一颗小小的钻石，月光下，闪烁着灼人的光芒。

金耀太将自己脖子上的项链取了下来，将两条项链放在手心，轻轻一用力，两颗坠子就合成了密不可分的整体。他戴的那条刚好包裹住朵朵的那条。坠子合并在一起时，朵朵哭了。

"朵朵，大的十字架是我，小的是你。我们永远不再分开，好吗？"

暖暖的声音，温柔地覆盖。

"好。我们到死都不分开。"

朵朵使劲点和头，在泪光闪烁中许下承诺。

"我喜欢你，朵朵。你感受得到吗？"

金耀太温和地说着，将朵朵的手放在自己的胸前，紧贴着他的胸膛。

咚——

咚——

咚——

心脏跳动的声音，多么温暖。

月光下的少年，眼睛清澈湛蓝，犹如波光潋滟的湖面。朵朵的眼泪，落在了少年的心里，荡漾起温情的涟漪。他的脸变得无比柔和，仿佛轻轻一碰，就会晕染开去。纹路清晰的嘴唇，微微扬起，在夜晚的空气中，画出高贵动人的弧线。

"太子，我听到你的心跳了。"

"嗯，喜欢吗？我的心是为你而跳的。这颗心是你的，过去，现在，将来，都是你的。"

朵朵羞涩地垂下了头，将他修长的、骨节突出的手掌放也放在自己的胸口。

"这里。这是我的心脏。"

"嗯，是我最喜欢的朵朵的心脏。"

"太子，我的心也是你的。每跳一次，都是我在对你说我喜欢你。"

月光洒下冷色的光圈，白色的积雪，折射出梦境般迷离的光芒。丘比特扑扇着洁白的天使的羽翼在相爱的人头顶盘旋，欢喜地检阅着自己的杰作。

"朵朵，我的女孩儿。我们交换心脏好吗？"

"好。我的心是你的，你的心是我的。"

朵朵做出一个交换心脏的动作，把自己的心取出来，再放到太子的心里，然后将他的也放到自己的心里。金耀太被她调皮的举动逗乐了，笑着为她戴上了项链。

"朵朵，戴上它，你就再也跑不掉了。"

胸前十字架上的钻石迸发出灼人的光亮。朵朵月牙般灵动的眼睛眨巴着，一如钻石的光芒，熠熠生辉。

6

第二天，就是圣诞节了。

这天的志尚中学弥漫在一片欢乐的海洋里。学校到处张灯结彩，白桦树的枝头挂满了五彩缤纷的气球，像雨后蜿蜒的彩虹，高高挂在校园的上空。

夜幕降临时，彩灯亮了起来，各色的灯光，辉映交错，发出璀璨的光芒。

这天的天气出奇的好，天边繁星闪耀，再和校园的彩灯衔接在一起。洁白的冰雪世界，洁白的欧式校园，洁白的白桦林，洁白的冰凌……

因为晚会而搭建起来的露天演出台，也用雪花和圣诞老人做成了背景。舞台的灯光亮起时，整个世界都融合成了一个整体。美得仿佛童话里古老的城堡。

朵朵依偎在金耀太的身边，等待着演出的开始。她的旁边坐着沉默忧伤的林诗碧，太子的身边是他的死党，也就是志尚高中三大酷太子中的林俊寒和闵昌浩。有他们两人加入，他们所在的班级，所在位置，理所当然地成了全场瞩目的焦点。

女生们的目光都集中在了这里。

一些女生甚至掏出手机，拍起了照，捕捉着难得的画面。虽然很多女生都喜欢金耀太，可是看到朵朵为太子做出的努力，将他从劣迹斑斑的少年改变成今天这样光芒万丈、毫无瑕疵的美玉，也从心底接受了她，并默默地祝福这相爱的两人。

因为太子的关系，朵朵也成为全校曝光率最高的女生，很多人都认识了这个原本默默无闻的女生。每次朵朵从她们身边经过，都会收到她们温和善意的笑容。这让她深感欣慰。

而太子的两个兄弟，也从心里接受了她。闵昌浩有时会开玩笑地

叫她一声大嫂，她也不生气，只是傻傻地微笑，羞涩地将头深埋进太
子的胸膛。

　　俊秀清澈的林俊寒依然不怎么说话，两人见面，除了报以微笑，
再无言语。朵朵也明白了之前她对林俊寒只不过是出于对哥哥般的感
情，更谈不上喜欢。可是，她显然不知道林俊寒内心的痛苦，更不明
白他的冷酷是源于失去喜欢的人，所以用冷酷遮掩忧伤。

　　演出在学校领导一长串的致辞后，终于开始了。

　　随着节目的进行，广场上不时爆发出热烈的掌声，夹杂着同学们
欢乐的笑声。节日的气氛感染了每一个在场的人。

　　其中有个节目是话剧社排练的话剧。当一个戴着魔鬼面具的一个
同学出场时，朵朵被吓得发出了声。金耀太赶紧将她抱得更紧了，并
用手帮她蒙住眼睛。

　　躲在太子温暖的怀抱，香草浓郁的味道将她的呼吸完全包裹了起
来。就在同时，一阵巨大的痛楚也从脚尖传来。

　　朵朵没有叫，没有动。

　　她清楚地明白，这是林诗碧在用高跟鞋狠狠地踩着她，她在用自
己的方式报复着她。她默默地忍受着，泪水溢出了眼眶。

　　她完全可以感受到林诗碧对她的恨意。

　　这仇恨早已经侵蚀了她的心脏，根深蒂固地生长在她的身体里，
现在已经枝叶丰盛了。

　　这只脚继续用力地踩着，仿佛要将她给揉碎。

　　朵朵身体颤栗着，小米筛糠似的抖个不停。可是她仍旧不敢吭

声，生怕被金耀太发现。倘若他知道了，又将是一场战争。同学们的期待的圣诞晚会也将泡汤了。

"林诗碧，马上该你上场了，快去后台准备吧。"林俊寒冷冷的声音。他早看到了林诗碧的举动，所以不动声色地制止了。

朵朵顿时感觉到轻松不少，抬起头来，向林俊寒投去感激的眼神。

"我的事你少管！"林诗碧甩下一句气话，愤怒地瞪着林俊寒，这才摇摆着纤细的腰肢，离开了座位。

她的身后，留下一阵久久不散的浓郁芬芳。

"最后一个节目，是由林诗碧同学为我们带来的舞蹈——我的白色恋人。"

主持人报幕完后，广场里爆发出热烈的掌声，而旁边三年二班的掌声最为响亮。自己班上的节目能作为最后的压轴演出，这是全班同学的骄傲。

"朵朵，我去上个厕所，马上回来，乖乖等我。"金耀太宠溺地说。朵朵明白，舞台上的林诗碧目光始终追随着金耀太。他是要做给林诗碧看的。他要让她知道他对她的不屑，让她对他死心。

太子走后，表演就开始了，穿着金色演出服的林诗碧高贵得像骄傲的皇后。她曼妙的腰身灵巧地舞动着，悲伤的表情与灵动的肢体完美地统一在了一起。美好的体形展露无遗，她的舞蹈和身体俨然已经是杰出的艺术品。

"林诗碧，我喜欢你——"

"我们喜欢你，舞蹈皇后——"

台下的男生吹起了口哨，起哄叫了起来。校花果然就是校花，一出场就魅力非凡。

圣诞晚会就在林诗碧精彩绝伦的演出中收场了，正当同学们准备搬起板凳离开时，主持人笑眯眯地重新回到舞台上："同学们，先别走。还有个特别的礼物要送给大家。"

"学校领导还为各位同学准备了一场精彩的烟花表演！"主持人抑扬顿挫的声音，"马上开始——"

烟花——

"少爷生日那天想看烟花……夫人陪她去买……过马路时，开来了一辆车……夫人救下了少爷……"赵姨的声音再次响起——

不，她不能够让他再看到烟花。

她不能够让他再想起过去疼痛的回忆。

朵朵放下板凳，不顾老师的阻止，发疯般地奔跑了起来。

同学们惊讶地注视着飞奔的女孩儿。

7

雪地里，女孩儿细茸茸的短发被风吹得乱乱的……

她的脸在月光下，苍白得吓人……

全世界仿佛都在瞬间静止了，只有她的心在扑通扑通地跳动着。

不，那是太子的心脏。

——"从今以后，你的心脏是我的，我的心脏是你的。"

"太子，你在哪里？金耀太，混蛋，你快点出来！"

女孩儿声嘶力竭的呐喊在夜空久久地回荡。

"朵朵，我在这里。发生什么事情了？"温暖而磁性的声音在她身后响起，多么美妙的声音，这世界上最美丽的声音也不过如此了。

回头——

金耀太迷人的脸在月光下柔软得让人心碎。

朵朵的眼泪瞬间流了出来……

"朵朵，怎么啦？有谁欺负你了吗？"金耀太惊慌得不知所措地问道。该死，她怎么老是哭，老是惹得他心痛不止……

"太子，我累了，我想回家，快带我回家。"朵朵语无伦次地乞求着。

"傻瓜，就为这个哭吗？我去拿板凳，你等我哦，我带你回家！"温和的话语，像春天的细雨滋润着朵朵，金耀太宠溺地揉搓着朵朵细茸茸的短发，跑开了。

"不，不要——"

可是已经来不及了。

"砰——砰——"

随着几声巨大的声响，五彩缤纷的烟花在雪地的上空隆隆地绽放着，在寂寞的夜空开出明艳妖娆的花朵。

照亮了夜晚，

融化了茫茫的白雪，

光芒，盛开的烟花，消失的烟花……

"太子，生日还想要什么礼物呢？"优雅高贵的少妇温和地问。

"嗯，妈妈，我想看烟花。"男孩儿想了想，撒着娇。

"好，妈妈带你去买。太子今天想要什么妈妈都会答应，就是想要天上的星星啊，妈妈也马上去摘哦！"妇女恬淡地笑着，声音里全是宠溺。

"妈妈，我们走路去吧。今天是初雪日哦，太子想看雪……"

"嗯，妈妈答应宝贝。"

一路上，小男孩儿快乐得像一只被放出笼的小鸟，在少妇眼前蹦跳嬉戏着。他太快乐了，真恨不得长出一双天使的翅膀，飞起来……

突然，他的眼前一亮，对面马路的商店里，摆放着各种样式的烟花……

他飞了起来，烟花，美丽的烟花……

灿烂的烟花……

一道灼人的白光，伴随着刺耳的喇叭声……

"太子——"

中年妇女凄厉的尖叫。

他只觉得身体一沉，就被推出了很远。

汽车及时停了下来，司机走下车大声呵斥着……

"对……不……起……"中年妇女挣扎着站了起来，唯唯诺诺地赔礼道歉。

"妈妈……"受到惊吓的小男孩儿哭了起来，向妇女奔了过去。

"宝贝……"

妇女流着泪接住了她的宝贝，将他紧紧地拥在怀里。

"咚——咚——"

他听到母亲剧烈的心跳，一下，两下，三下……

少妇抱着他的身体悠然间软了下来……

"宝贝……妈妈爱你……"

"妈妈，我要妈妈……"

小男孩儿伤心地哭了起来……

"宝贝，妈妈……没办法……亲自给你……买烟花了……"

少妇虚弱地说，抱着他的手逐渐松开了……

"太子不要烟花，我要妈妈……我再不要烟花了……"

男孩儿放声哭了起来，抱着少妇的手，不停地摇着……

"宝贝，妈妈……会变成天使……永远……守护……"

……

夜空里的烟花还在盘旋着盛开，发出巨大的隆隆声响。

同学们的欢呼声响彻整座校园……

"烟花，妈妈……妈妈……烟花……"

金耀太呆呆矗立在茫茫的白雪里，抬头看着漫天盛开的烟花，低低地呢喃着。

"太子，我们离开这里。你看看我，我是你的朵朵啊……"女孩儿使劲摇晃着，哭着大声说。

"烟花，妈妈……"

沙哑的声音，男孩儿湿漉漉的眼眸。

"太子，别怕，妈妈抱……"

心碎成一片的朵朵，紧紧地抱住了无助的金耀太。她宁愿他像过去一样对她大声吼叫，宁愿他老是打她的额头，也不愿意看到这样难过，完全不在乎她的存在。

"妈妈……"

金耀太低头泪眼婆娑地看着朵朵，眼泪大颗大颗地落在她的脸上。那么那么的冷……

"妈妈，原谅我……"

他的声音越来越微弱，脸色苍白得像冬天的白雪，没有任何的光泽。

他的皮肤越来越凉……

他的呼吸越来越急促……

朵朵只感到身体跟随着他不断地向后倾斜，向后沉陷。伴随着一声沉闷的声响，两个人重重地倒在了雪地里……

Chapter 5
请你记得，我们的白色初恋

1

离城市第一人民医院。

飘满了苏打水的医院里，洁白的墙壁，洁白的地板，一张张苍白的病态的脸。

空气中四处弥漫着苏打水的味道。

走廊里的医生和护士进进出出地忙碌着。

急救室的门开了又合上，合上又开了。

随着玻璃大门的开合，朵朵的心也坠入了深不见底的深渊。心里的空洞越来越大，淌满了黑色的血液。

她呆呆地蹲在门口，像一只被遗弃的动物，满脸的忧伤。月牙般美丽的眼睛，氤氲起白色的雾气，水晶般晶莹的眼泪，从她惨白的脸上滚落。

一颗又一颗。

——"朵朵，我们到死都没分开好吗？"

他的声音依然在耳畔回荡。

我亲亲的小爱人，昨天你还用清澈明亮的眼睛深情地凝望我；昨天你还叫着我宝贝，为我戴上守护的十字架；昨天你还说我们将永远不分离；昨天……

为什么今天你就冷冷的不再言语，连看都不再看我一眼。

透过走廊深处明亮的窗户，朵朵惊讶地发现深夜的天空又下起了小雪。白色的雪花鹅毛般地飞舞着，落进了少女冰冷的心里。

手中的十字架冰冷的，失去了温度。中心的钻石在她手中依然闪烁着璀璨的光芒，一如她泪光盈盈的眼睛。

亲爱，我亲亲的爱人……

纵使生命化作千万片的雪花……

每一片也都将带着我深沉的爱语，向你飘去……

急救室里，医生正紧张的地抢救着一位俊美的少年。他的脸色苍白，嘴唇青紫，可是让医生不解的却是，他的脸上居然带着动人的微笑。

心脏起搏器。

一下，两下……

"再来！"

"加重电量！"

参与抢救的医生都面色凝重，额头上冒出细密的汗珠。生命在此时变得如此的脆弱，每个医生都可以主宰。

"太子——太子呢——"

走廊深处，传来几声焦躁的呼唤。朵朵将深埋在膝盖里的头抬了起来——风尘仆仆的林诗碧头发凌乱，脸色惨白地向着急救室奔来。

她的身后跟着同样面色沉重的闵昌浩和林俊寒。

"太子……还在抢救……"

朵朵轻轻地呢喃着，泪流满面。

眼泪滴落在手心握着的钻石十字架上，像冬日最灿烂的阳光。

林诗碧的眼睛停留在那串项链上。

嫉妒，愤怒，委屈，怨恨……

所有的纠缠不清的情感在这一刻爆发了……

"你这个无耻的女人！都是你！是你，是你，是你让他生病！是你让他痛苦！你明知道他不能够激动！这所有的一切都因你而发生，我要你还我的太子！把他完完整整地还给我！魔鬼，你是魔鬼，我真恨不得杀了你！我恨不得一刀杀了你……"

愤怒的女孩儿喋喋不休地吼叫着，声嘶力竭。她愤怒地撕扯着朵朵的头发，撕扯着她的衣服，抢着她手心里的项链……

朵朵一声不吭地任由她摆布着，握着项链的手从未放松过。坚硬的钻石刺破了她娇嫩的皮肤，鲜血染红了璀璨的钻石，发出诡异的红色光芒。

"够了，还嫌事情不够多吗？现在都什么时候了，你还有心情责怪别人！"林俊寒大声训斥着，和闵昌浩一起将发疯似的林诗碧拉离了朵朵。

被强行拉开的林诗碧，大口地喘着气，胸口随着急促的呼吸起伏着，长长的头发凌乱地遮挡着她潮湿的脸，像墙角的玫瑰，散发出诡异颓靡的美丽。

她伸出纤细修长的玉手，整理了撒在额前的乱发，将一双怨恨的眼睛直直地盯向了林俊寒：

"你喜欢这个下贱的女人对吧？你不是也希望着太子死去吗？别以为我什么都不知道，他就是你十几年来一直在寻找的女孩儿对吧！难道你敢否认吗？我最最最——亲爱的哥哥。"

伸长脖子，仰着头的林诗碧，像一只骄傲的孔雀。

她旁边的闵昌浩和朵朵同时震惊得睁大了眼睛。

林俊寒的脸色越来越惨白，身体也轻微地晃动起来。他握着的拳头却越来越紧。

"我亲爱的哥哥，对不对？她就是你的母亲带着你这个包袱嫁给我爸爸前，你在芳草镇喜欢的女孩儿吧！怎么，自己寻找了十几年的小爱人，居然喜欢上了别人，你很难过，对不对？"林诗碧将头贴在林俊寒的耳朵边，小声地说着，发出肆意的狂笑。

"知道失去爱人的滋味了吗？我知道你恨太子，也恨我。可是，哥哥，我更加恨你。从你那个下贱的妈妈带着你来到我家开始，我恨你的心就从未停止……"

"啪——"

一记响亮的耳光打在林诗碧的脸上。

她踉踉跄跄地后退了几步，跌倒在走廊的角落里。像秋天被风吹落的树叶，悠然之间坠落。

打完后的林俊寒抬起了手臂，惊讶地看着自己的手掌，他的表情痛苦彷徨，像一个迷失方向的孩子。

走廊里所有的人都惊呆了。

闵昌浩咒骂了一句"该死"，随即一脸痛苦地闭上了眼睛，他早发现了这两兄妹的异样，可是没有想到事实居然这般的残酷。难怪他一直觉得林俊寒的脸上总是弥漫着说不出的忧伤，而他看朵朵的眼神也缥缈得令人心碎。

透过蒙眬的泪眼，朵朵捕捉到了林俊寒那一刻彷徨忧伤的表情。

2

这样的表情多么的熟悉呢。

难怪女生在他们相遇的第一天，会觉得如此的熟悉；难怪他在每个人都叫她奴隶时，会喊出她的名字；难怪他会在自己被胸口刻了文身的黑帮老大推倒时，他会拍着她的后背温柔地安慰她……

他和她的眼神在空气中交汇……

星星般纯真清澈的目光。

一如多年前的孩童……

春天的芳草镇，空气里飘荡着桂花淡淡的清香……

穿着白裙，头扎羊角辫的女孩儿在刚抽出嫩芽的草坪上奔跑着……

"摇啊摇，摇到外婆桥……"女孩儿用稚嫩的童声歌唱着熟悉的童谣。

"朵朵，哥哥走了，你还会想哥哥吗？你会摇着你的小船，来看哥哥吗？"比她稍大一点儿的小男孩儿，一脸忧伤地凝视着在他周围欢呼雀跃的女孩儿……

"会啊，等朵朵长大，就会来看哥哥的……"女孩儿停了下来，眨巴着月牙般的眼睛，甜甜地笑着说。温暖的阳光打在女孩儿浓密的黑发间，仿佛闪烁着星星点点的光芒。

男孩儿笑了笑，下意识地伸出手，细心地为她理顺了几缕不听话的发丝。

"朵朵，我们拉钩，好吗？一定要来看哥哥！别让哥哥找不到你！"

"好啊。"

女孩儿调皮地点点头，羊角辫儿跟着颤动起来。她乖巧地伸出了粉嫩的小手……

一周后，男孩儿带着对女孩儿的眷恋跟着母亲离开了芳草镇。

就在男孩儿走后一个月，女孩儿外婆所在的街道改造成了商场，女孩儿也跟着外婆搬走了……

之后冗长的岁月里再无联系。

男孩儿回芳草镇找过几次女孩儿，都带着遗憾离开了。

当年单纯的女孩儿，在新的环境里，又结识了新的朋友……

时光流逝，女孩儿渐渐遗忘了男孩儿……

忘记了他们的约定……

……

如烟的往事，再次清晰地浮现在朵朵的脑海里，童年的歌谣仿佛穿梭过时空的隧道，从漫天纷飞的雪天悠然地飘来。

看着林俊寒忧伤失落的表情，朵朵惭愧得再次将头深埋进了膝盖。她没有想到当年的小男孩儿会长成如此英俊的男生，更没有想到他会如此痴迷地为了幼年的誓言，整整寻找等待了她十几年……

昨日，在泪光中渐行渐远，

此去经年，我依然站在当初你离开的地方，

守候。

而亲爱的你，

却已经走远，消失。

连同我们童年的誓言，以及回忆。

3

走廊里再次安静下来。

空气中苏打水的味道似乎凝固了，几盏顶灯，发出摇曳冷清的光芒，照耀着走廊里几个各怀心事的少年。

林诗碧的目光如同灼人的火焰，盯着蹲在墙角瑟瑟颤抖的朵朵，唇角浮现出一抹诡异邪恶的笑容——

朵朵，你必须死去。

用你的生命来拯救我深爱的男孩儿，

用你的鲜血洗涤我的耻辱。

这样想着的林诗碧，唇角笑容更深了。

谁也没有察觉到她不动声色中的邪恶。

自金耀太当着全校同学在雪地里羞辱她之后，她就开始暗中调查起了朵朵。自小她就认识太子的父亲，也深知他的为人，而他怎么可能为了朋友的遗言，就将她的遗孤带回自己的别墅，还精心照料呢？为了弄清这迷雾重重的女孩儿的真实来历，她不但专门请了侦探公司调查，还亲自去了一趟芳草镇，甚至以朵朵好朋友的身份看望了住在离城另一家医院的朵朵的外婆。

经过一周的艰难调查，她终于弄清了所有的谜团。

十多年前，风流倜傥的金叔叔爱上了从前学校的校花，并在不屑的努力下，将她追到了手。

两人度过了一段贫穷却甜蜜的初恋时光。

直到金叔叔认识了她后来的妻子也就是金耀太的母亲。他被这个女人的贤淑端庄吸引，而最吸引他的，还是她身为离城最大的地产公司的老总的独生女的身份。为了改变自己的命运，不再吃苦受难，她抛弃了校花女友，选择了老板的女儿。

不久，金叔叔如愿将这千金大小姐娶到了手，一年后，他们的儿子金耀太诞生了。

林诗碧比他晚出生三个月，她的母亲死于难产。

因为两家是挚友，当时由于传统保守的思想，两家大人为了冲喜，加上门当户对，就私下订了这门亲事。

然而，在一次大学的同学聚会中，金叔叔又遇见了从前的女友，当听说她还没结婚时，因为感动和愧疚，他们又发生了实质性的关系。

第二天分离后，金叔叔重新回到了金夫人身边。

半年后，他从朋友的口中听说校花女友结婚了。

时光悠然流逝……

十八年后，他的儿子也长成了翩然少年，如当年的他一般英俊迷人。

自金夫人去世后，儿子就成了他所有的精神支柱。

可是宿命却仿佛故意捉弄人般的，他亲爱的儿子在一次意外中晕倒，他将他带到医院检查后，竟然无比震惊地发现儿子也患有心脏病，而且遗传了他的罕见的AB型HR阴性血。医生遗憾地告诉他，目前这样的心脏很难找到，只有找到了拥有这样血型的人，他的宝贝儿子才有可能活下去。

知道这个消息的金叔叔无比痛苦，为了让儿子正常生活下去，他独自承受了所有的压力，开始发疯般地寻找拥有这样罕见血型的人。

他找了两个月都无任何收获。

直到有天听一个医生说芳草镇上有个女孩儿拥有这样罕见的血型。他匆忙地赶了过去，却意外发现了一个秘密。

这个乖巧瘦弱的女孩儿，竟然是那次他和校花越轨后的杰作，而更让他不堪承受的是，当年的校花竟然因为丈夫出轨而跳楼死了。

明白真相的金叔叔隐约感觉到，初恋女友的死亡与被丈夫发现孩子不是他的有关，于是考虑带走女孩儿。好在上天眷顾，唯一知道真相的女孩儿的外婆又患了眼疾，所以他隐瞒了自己的名字，轻易就带走了女孩儿。

于是，才有了后面发生的诸多事情。

……

走廊的灯闪了闪。

咔嚓——

急救室紧闭的大门开了。

刺目的光线从门里溢了出来。

"医生，我的太子怎么样了？他好起来了吗？"

听到响声的朵朵，慌忙站了起来，焦急地询问着。泪光闪烁的眼睛，潮湿的脸庞，微翘的鼻头红彤彤的。

女孩儿看起来像一朵摇曳在风雨中的花朵。

"医生，怎么样了——"

回过神来的林诗碧一把推开了朵朵，挤到医生眼前，惶恐地问着。

随即围上来的林俊寒一把接住了朵朵，她肩膀动了动，尴尬地退到了一边。闵昌浩怜悯地看着她，递给她一张干净的纸巾。

"他没事了。"被众人拥簇着的医生，擦了擦额头的汗水，满脸的疲惫，"病人的心脏恢复了正常，可是还需要多休息，你们可以进去看看他，千万别太大声了，心脏病患者适合安静的环境，好好调养。"

医生叮嘱着几个彷徨的少年，这才带着憔悴的面容离开了。

"心脏病——"

除了林诗碧，每个人都是满脸震惊的惶恐。

朵朵只觉得心脏突然痉挛着疼痛得厉害，身体突然变得很轻很轻，像天使坠落的羽毛一样失去了重量……

她的身体顺着墙壁慢慢地滑下去……

雪花无声地绽放、飘落、融化、再消失。

亲爱，请你抓住我的手，不要放开。

抓住我的手，我们永远不再分离……

4

冬日的风带着雪莲花般纯净的芬芳。

白色的雪花纷扬。

那是天使折翅凋落的羽毛……

温暖如春的病房，穿着白色病服的少年，安静地睡着。

苍白的脸，失去了血色，像一张薄薄的白纸，透不出任何的光泽。浅栗色的头发，在灯光下，闪烁着迷离的光芒。他的脸上依然荡漾着微笑，倔强的嘴唇，有着令人心碎的美丽……

躺在病床上的金耀太，仿佛处在一圈圣洁的光环里。

天使的翅膀正在他的头顶扑扇着。

预备飞翔……

朵朵和林诗碧各在床的一边守护着他。

两个女孩儿的目光不经意间重叠在一起。林诗碧愤怒的目光如同尖锐的利剑将她撕裂。

朵朵愧疚地低下了头，将太子捏得紧紧的手握得更紧了。

她抢了她深爱的未婚夫，却没有好好地守护住他。如果可以，她宁愿被病魔折磨的是她自己，她愿意代替他去接受一切的苦难，换得他昔日温暖明媚的笑容。

林俊寒坐在角落的沙发里，痛苦不堪地注视着少年和他身边穿着白衣的女孩儿。

一向爱耍酷的闵昌浩来病房看了一眼太子，就默默地重新回到了走廊。扶着墙壁的手依然抖动得厉害，他的眉头微蹙着，眼眶泛红，终于落泪了。

"金耀太，如果你不醒来，我永远不会原谅你。"

闵昌浩悲伤地说着，用尽所有的力气，一拳打在了坚硬的墙壁上。洁白的墙壁，瞬间开出一朵朵迷离的红色花朵。

他却仿佛再也感觉不到任何的疼痛。

正在这时，走廊深处再度传来急促的脚步声，闵昌浩抬起头，看见金叔叔正惊慌地朝病房跑来。

听到林诗碧说太子病倒的消息时，他还在几百公里之外办事，刚一听说，他就赶紧叫司机开车赶了回来。那么遥远的路途，居然仅用了两个小时就赶到了。

人过中年的金叔叔，跑起路来已经不利索，微驼的背，让他看起来就像一只艰难爬行却怎么也跑不快的乌龟。

"太子呢？他现在怎么样了？"

还未到病房，气喘吁吁的中年男人就冲着墙边站着的闵昌浩大声询问着。

"还没醒，叔叔别着急，医生说已经脱离危险了。"闵昌浩眼睛微红地安慰着。

金叔叔点了点头，径直冲进了病房。

闵昌浩唇边钻石的光芒赫然间暗淡了下来，他万分难过地看着他进门的背影。

这个焦躁的男人，仿佛瞬间就衰老得不成样子了。

两鬓的华发，如同这冬天白得惊人的大雪。

5

雪，欢快地飞扬。

几颗调皮的雪花，被风吹起，穿过打开的窗户，调皮地停留在少年疲惫的脸上。

水草般浓密的睫毛，微微地颤动着。

握紧的手逐渐松开了。

璀璨的十字架从他的手心滚落出来，悠然落到朵朵的手中。

多么温暖的十字架……

就像少年温暖如春天般的胸膛。

握着十字架的朵朵，终于在巨大的感动和疼痛中，心脏撕裂般地疼痛起来。眼泪大颗大颗地落在银色的链条上。

"太子只能够是我的。"看到这一幕的林诗碧，幽怨倔强却又坚定无比地说。

朵朵没有搭理她，将少年的手放到了自己的胸口。

"咚——咚——"

"朵朵，我们交换心脏好吗？你的心脏是我的，而我的是
你的……"

仿佛有感应似的，病床上的少年在深爱的人心脏跳动的呼唤中，
缓缓睁开了眼睛。

"……朵朵……我喜欢你……"

刚睁开眼睛的少年，蠕动着喉结，低沉断续的呢喃着……

"太子，我也喜欢你，全世界我最喜欢的人，就是你了！"

朵朵哽咽着回应，泪水无声地滴落。

刚进门的中年男人，陡然间停下了脚步。

他苍白憔悴的脸像刚淋了一场冰霜，眼神里全是痛苦的神情……

林诗碧诡异地笑了笑，还未卸下口红的嘴唇，像沾满鲜血的
魔鬼。

"叔叔好。"

林诗碧站了起来，向中年男人礼貌地点了点头，小声招呼着。

"金叔叔——"

朵朵乖巧地问候着，旁边的林俊寒也跟着礼貌地打着招呼。

金叔叔摆了摆手，缓缓地走到了儿子的病床前。

"不要紧吧！太子！"

"……爸爸……我没事了……"

金耀太动容地喃喃道。看着为自己紧张忙碌的父亲，他突然觉得

伤感。以前父亲总是对他装作很冷漠的样子，导致他一直误以为父亲因为母亲的死而不肯原谅他。

现在，他终于明白，那是爱的极致。

"好好休息，我去问问医生。"几分钟后，金叔叔叮嘱完儿子，意味深长地看了眼朵朵，这才离开了。

金叔叔奇怪的眼神，被朵朵捕捉在了眼里。

这样的眼神，她从未见过。

冷漠，怨恨，慈爱，甚至带着未知的灾难……

而看到这个眼神的林诗碧，却突然间诡异地笑了。

6

清晨的白桦林。

冬日的风吹拂过树枝，树动了动，白雪簌簌地抖落。

走在白桦林中的朵朵，伸出双手，接住了几朵雪花。鹅毛般的雪花，在她手心里停留了短暂的几秒，就被手心炙热的温度融化了。

冰凉的液体，一如她怎么也流不尽的眼泪。

泪光中，她仿佛又看到初见时被小狗咬着满脸愤怒的金耀太。

"没钱是不是？那你做我的奴隶好了！"

"听清楚了，现在我的话就是圣旨，以后每节课下课都得到三年一班报到……"

身穿白衣服的女孩儿悲伤地闭上了眼睛。

　　亲爱，其实我一直不曾告诉你，那天初见时穿着改过的校服，浑身上下戴着白金链条，走起路来叮当作响的你有多帅！你知道吗，你玩世不恭的微笑，还有那双冷漠忧伤的眼睛有多迷人！

　　也许这就是宿命，他注定成为她今生的劫数。

　　坐在教室里上课，又是戴眼镜的修女老师的课。

　　看着身边空荡荡的座位，朵朵只觉得心也跟着被掏空了。

　　上课再也无法集中精力，想着想着又忍不住哭泣。

　　金耀太生病几天了，她除了上课，偶尔的回家，基本上都在医院陪伴着他。有时候会遇到前来看儿子的金叔叔，除了沉默的打声招呼，再无言语。

　　有几次朵朵回头，都看到金叔叔同那天晚上相仿的意味深长的眼神。他对她突然就冷漠了下来，甚至连她因为照顾太子而感冒咳嗽，他也不再惊慌。朵朵不明白金叔叔为什么突然变了个人似了。可是内心的恐惧却越来越重，一切都仿佛时光倒流。

　　十几年前，她的父亲也是突然就这样冷落了自己的。

　　她惶恐地乞求着，她是如此不想失去失而复得的温暖的父爱。

　　圣诞节后就一直下起了雪。

　　再没停止过……

　　朵朵时常在上课时望着纷纷扬扬的白雪，思绪潮水般地起伏……

　　这些天发生了太多事情，让她无法承受，也想不通。

　　金耀太的心脏病，林诗碧诡异的笑，还有林俊寒的秘密被揭穿，最让她想不通的还是金叔叔的改变……

太多太多的事情如鲠在喉，让她无法呼吸。

"朵朵，你别伤心，我们全班都祈祷金耀太的病早日康复。"

下课后，倪安安递给朵朵一杯热牛奶，怜惜地宽慰着她。

朵朵接过热牛奶，抬头感激地看着倪安安。

芭比般可爱的女孩儿，幽蓝灵动的大眼睛扑扇扑扇的，宛如天上最亮的北极星。她的眼神那么的关切，那么的温暖。

"谢谢你，安安。他会好起来的，我们都在为他祷告！"

手心习惯性地摸向闪烁的十字架，她幽幽地说。

"朵朵，你知道吗，我们都好羡慕你。"

看着朵朵手心里的十字架，芭比女孩儿眼睛一亮，真诚地说。

"你来之后，金耀太就开始改变了。以前老是不来上课，可是你来后，他几乎从未旷课，虽然那时候他还是凶巴巴地叫你奴隶，可是眼神却很温柔。而且，每次他打了你的额头，看你难过时的眼神，柔和得像一汪泉水，我想他是真的很爱你。"

女孩儿继续说着，一脸羡慕的憧憬。

朵朵哑然失语。

心痛难忍。

"……"

"好在你也这么爱她，否则那小子这次就死定了。"

芭比摆出一副事实早已料到的神情。

风吹过桌面上放着的课本，一页页地翻动着，一如她缩紧疼痛的心脏，酸涩的感觉再次堵塞在她的胸口。

咚——咚——

亲爱，你听到了吗？

朵朵心跳的声音——那是我一千次，一万次地对你说——

我爱你！

7

放学的铃声终于敲响了。

志尚高中的学生像刚被放出鸟笼的鸟儿般欢喜地飞出了童话般的学校。

倪安安在校门口跟朵朵说了再见，在雪地里骑着单车，像游弋的鱼一样飞快地消失在了拥挤的人潮中。

穿着洁白冬装的朵朵，穿梭在人群里，像一朵落入人海的栀子花，干净透明，仿佛她经过的空气，都会散发出淡淡的清香。她将肩上的书包使劲提了提，默默地朝公交站台走去，她要快点赶到医院，分开一天了，她对金耀太的思念，已经深到无法言语。

一辆白色的宝马在她的身边停了下来。

车窗里，探出一张俊秀干净的脸。浓黑的眉毛，清澈如水的眼眸，薄薄的嘴唇和下巴，勾勒出迷人高贵的弧线。微微飞扬的碎碎长发，掩饰不住与生俱来的忧伤气质。

"朵朵，上车吧。"林俊寒温和地说。

想到那天林诗碧说的话，朵朵冲着他尴尬地笑了笑，继续低着头，踩着路边的积雪往站台走去。

"上车吧。我带你去医院，难道你不想早点见到太子吗？"林俊寒慢慢地移动着车，跟随着她的脚步。

"哇，林俊寒——"

"好帅哦——"

路边的女生看到车内的男子，像发现宝藏似的惊声尖叫了起来。眼看又要围起一圈密实的人墙。

"上车！"

眼见人越来越多，林俊寒突然打开车门，跳了下来，将她劫持似的拉上了车。

车子轰隆隆地发动开走了。

女生的尖叫淹没在了汽车的轰鸣声里。

朵朵惊魂未定地坐在车里，尴尬得不知所措。

林俊寒从镜子里看到满脸通红的朵朵，轻笑出了声。

"朵朵，你别怕。我没别的意思，现在是高峰期，公交车太挤了。我也要去医院看太子，所以就顺道吧！"林俊寒解释着，深情地凝望了一眼镜子里天使般纯真的女孩儿，悠悠地说，"那天我妹妹说过的话，就当没听见过吧！"

"嗯，那你还愿意做我的哥哥吗？"

"只要你愿意，我会一直……一直是你的……哥哥。"

说出最后两个字的林俊寒，觉得从未有过的心痛。

"嗯！"

朵朵点点头，顿时感觉轻松不少，连呼吸都仿佛顺畅了。

看到朵朵大口呼气，如释重负的模样，林俊寒迷人的脸上流露出一股不易察觉的失落。他突然觉得病床上的金耀太是幸福的，幸福得让他无比嫉妒，幸福到让他处在濒临死亡的边缘。

林俊寒不禁加快了车速，仿佛想用速度的快感来冲淡这深深的伤痛。

8

夜幕低垂。

冬季的夜晚来得异常早，不到七点，天空已经暗了下来。

华灯初上。

VIP病房里只开着柔和的壁灯，橘红色的光芒柔和地漫过飘满苏打水的空气，夹杂着浓郁的百合花香，混合成诡异妖娆的味道。

病床上，金耀太安静地躺着，神色安详地观望着窗外飘零的小雪。胸前的十字架，发出璀璨的光芒，一如他星星般明艳动人的眼睛。

角落的沙发上，林诗碧眼睛湿漉漉地凝视着床上美得让人心碎的少年。

她特意旷课来医院守护他一天了，这冷漠的少年却连正眼都没看过她一眼，甚至连唯一说过的几句话，也是冷冰冰的，满是厌恶。

痛苦的林诗碧一度想将藏在心里的秘密说出口，却又怕正在生病的他，受不了这个打击，导致病情加重。

"金耀太，你知道吗？你爱的人是你的亲妹妹啊！能守护你到老，到死的人，只能够是我！"

　　林诗碧在心里千万次地诉说着，隐忍的心，也跟着痉挛地疼痛起来。

　　病房安静得令人窒息。

　　只有起伏的呼吸声，悠悠地响起。

　　"咯吱——"

　　寂静中，响起门开的声音。

　　朵朵微笑的脸在开启的门中盈盈闪烁，细茸茸的短发，沾着少许尚未融化的雪花，月牙般的眼睛微微地眯起。

　　"太子，我来了。"

　　床上的少年，听到这温暖熟悉的声音，冷漠的眼睛顿时发出灼人的光芒，苍白的脸也仿佛因这快乐，而透出红润的光泽。

　　"朵朵……过来……靠近我一点儿……"

　　金耀太无力地喃喃说着。

　　朵朵乖乖地朝他走近，呵，多么温暖熟悉的香草味道。

　　"太子，为什么你的眼里只有她……为什么？你真的就从未喜欢过我吗？哪怕一点点的喜欢？"

　　看到金耀太对着朵朵发出的真诚温和的笑容，林诗碧忍无可忍地站了起来，冲到了床边，声音沙哑地质问着。

　　"走开……我从未……哪怕一点点……也没有……爱过你。"

　　虚弱决绝的声音，寒冰似的穿透空气。

　　"太子，你知道吗？你是永远不可能和朵朵在一起的！

因为……”

正在这时，门开了，林俊寒面无表情地走了进来，中断了林诗碧声嘶力竭的吼声。

“俊寒……把你的妹妹带走吧……”金耀太看了一眼林俊寒，冷冷地说。

林俊寒沉默地点了点头，神情忧伤。

病房里很安静得让人窒息。

纠缠交错的目光，烧灼着深陷在爱情中的男女们。

站在病床前的林诗碧，透过蒙眬的泪眼，幽怨哀伤地注视着旁边十指纠缠的恋人，肩膀瑟瑟抖动着，像一只羽毛凋零的孔雀。

原来她在他的爱情里，连观众都算不上。

林俊寒缓缓地走过去，扶住这个对他来说没有任何关系的所谓的妹妹。当他看到林诗碧绝望崩溃却又无能为力的表情时，突然也觉得心疼，这个女孩儿和自己多么的相似。

在自己最爱的人眼里，都被忽略成了虚无。

“走吧，我送你回家。”林俊寒搀扶着摇摇欲坠的林诗碧，准备将她带出病房。

在这个充满了爱的房间里，他们都是多余的可怜人。

“走开！请你放开我的手！”林诗碧冷冷地说。

朵朵怜悯地目送着渐渐走出病房的濒临绝望的女孩儿。

“对不起，林诗碧。我也不想抢走你深爱的人，可是，我也不能放弃自己的爱。没有爱，我也无法独自活下去。”

在心里默默忏悔着的朵朵，用力握紧了金耀太的手。

"朵朵，今天你看到我有多痛了吗？将来我会让你加倍偿还。"

刚要走出门口的林诗碧，突然回过头来，倔强怨恨地说。

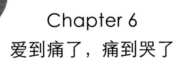

Chapter 6

爱到痛了，痛到哭了

1

又过了一周。

离城市第一人民医院。

通向VIP特护病房的走廊里，来来去去都是苍白病态的脸。生命在这里仿佛每个时刻都在等待着审判。有的人去了，蒙着白布被推去了太平间，空床很快又被新的病人填补。

治好病的人欢喜地离开了。

死去的人也在家属悲戚绝望的呼喊中，变成了永恒的记忆。

沿着光洁的走廊，朵朵脚步缓慢地向着她心爱的人走去，每走一步，都如此艰难，生怕等待着她的是足以让她万劫不复的消息。

金耀太最近的病情似乎又加重了，时常昏迷不醒。他的脸色始终暗淡无光，苍白得令人心碎，青紫的嘴唇，像浸泡过毒汁的花朵。

朵朵时常将耳朵贴在他的胸口，测量他的心跳。如果偶尔骤然间剧烈跳动一次，或者慢了半拍，她都会紧张到快要死去。

苏打水的味道愈发的浓烈。

每向着病中的小爱人走近一步，她的心跳都会加快一次。

但是，她终是走到了他的病房门口。

朵朵赶紧擦干了眼泪，努力整理着情绪，再挤出微笑——是的，她要让他只看到自己快乐的样子，即使他紧闭着眼睛，她也相信他是可以看到她的。

她和他早已经融合成了一个人。

"……医生，除了换心，难道真的就没有别的办法了吗？我的儿子还有多少时间可活？"

中年男人沙哑无助的声音，像被风吹得转动着的古旧风车。

门外的朵朵正准备开门的手又缩了回来，扶在墙边，侧耳倾听——她的心跟随着跳得厉害，担心而彷徨——这也是她一度想知道的答案。

"是的，先生。如果不换心，他随时可能面临死亡。可是，现在AB型HR阴性血的心脏非常难找到……我们医院已经尽力了……"

医生沉痛的声音。

"不，医生，你不能够这样啊！我只有这么一个儿子，没有他我该怎么办！多少钱我都愿意给，只求你救活他……"

带着哭腔的绝望的声音，男人语无伦次地哀求。

"……"

一股酸涩的味道从朵朵的胸口传来，手指顿时僵硬无比。脖子上的十字架钻石发出灼亮的光芒，像千万根针将她穿透。

她呆呆地怔住了。

像临死的动物，痛苦地挣扎。

"如果不换心，他随时可能死去……"

"AB型HR阴性血的心脏很难找到……"

AB型HR阴性血——

朵朵突然想起了什么似的……

她刹那间想起上次金叔叔带她去化验血时的情景，当医生看了她的化验结果时，惊讶地说了一句："AB型HR阴性血，真是罕见的血型啊！"

……

所有的谜团仿佛突然之间解开似的，就在巨大的痛苦中，朵朵终于明白了，像乌云后的晴天般，所有的思绪豁然开朗。

金叔叔将她带到身边，又突然冷漠她，只是为了将她的心脏……

"能守护金耀太一生的人，只能够是我，是我！"

"朵朵，今天你看到我有多痛了吗？将来我会让你加倍偿还。"

……

林诗碧诡异邪恶的笑，原来也是因为她的心脏。

"朵朵，我们交换心脏好吗？你的是我的，我的是你的……"

原来金耀太对她的爱，也是因为那颗心脏。

天啊，她只不过是这些人的棋子，所有的一切原来都只不过是良辰虚设般美好的假象。她的生命在别人的眼中，如此廉价。她的生命根本就不是生命，只有那富家少爷的生命才是生命。朵朵，你这个傻瓜，这世界上还有比你更傻的女孩儿吗？

疼痛。

铺天盖地的疼痛。

是谁在痛，是金耀太在心脏在痛吗？

朵朵捂着自己的胸口，身体渐渐向门后倾斜……

"咚——"

随着巨大的声响，门开了，顺着开启的门，朵朵倒在了房间的地板上。

冷。

怎么会这么冷呢？

朵朵只觉得身体所有温暖的源泉都在瞬间干涸了。

苍白的脸……

空洞的眼神……

心痛到无法呼吸……

干涸的眼睛却不再有泪水。

"朵朵！"

回过神来的金叔叔赶紧冲了上来，伸出手，准备扶她起来。

"拿开你的手！请你拿开你的手！"

愤怒的呐喊，歇斯底里。

她目光怨恨地瞪着这个曾经一度被自己视为父亲的男人。

两个人的目光交错。

女孩儿月牙般的眼睛，将愤怒、哀伤、绝望交融在一起。

中年男人心痛地转过了头。

这目光多么的熟悉。多年前，当他对自己的初恋女友提出分手，她也是用这样的目光直直地凝望着他。这个女孩儿和她的母亲多么相似，仿佛是将她母亲的灵魂依附在了她的身上。

他到底做了什么？

这十八年后发生的一切，难道都是上天对他的惩罚吗？

金叔叔悲伤绝望地跌坐在了地上。

朵朵，太子，两个人的脸孔在他眼前晃来晃去，一个是自己深爱的儿子，一个是自己失而复得，还没来得及相认的女儿……

他们中间必须有一个死去……

可是，两个都是自己的亲生骨肉，这样的选择是多么的残酷……

"……我走了……"

望着金叔叔瞬间苍老得不成样子的脸，还有病床上昏迷不醒，面色惨白的小爱人，朵朵之前还熊熊燃烧着的愤怒之火，渐渐熄灭……

即将走出房间门口时，她最后望了一眼病床上的金耀太……

冬日的温暖的阳光打在他雕塑般英俊的面庞上，他的皮肤像是透明的，唇角微微扬起，笑容仿佛被凝固。只有浅栗色的头发，闪烁着生命的光芒。

他脖子上的白金钻石十字架，明亮得让人心碎。

她的手心传来凛冽的剧痛，钻石十字架割破了她的皮肤。

黏稠的鲜血……

一如雪地深处那朵最鲜艳妖娆的玫瑰……

2

空旷的雪地。

茫茫无边的白色。

星星点点璀璨的光芒在阳光下跳跃。

雪地里，站着一个穿着白色病服的男孩儿。苍白的脸，青紫的嘴唇，一双含泪的清澈眼眸，犹如平静的海面，波光潋滟。

五天了，她消失在他的世界整整五天了。

这五天她都做了什么？是功课太紧没有来看他，是他做了什么事情，伤害到了她？还是，还是已经忘了他，忘了他们之间的约定？

难道是因为……

金耀太长久地站在雪地里，思绪蔓延，仿佛那个穿着总是穿着白色衣服，有着月牙般美丽眼眸的女孩子又蹦跳着从雪中盈盈走来。

睫毛微微颤动，他的眼眶泛红，直至泪流满面。

"太子，进房间里去吧！病刚好点就跑出来，对恢复不好！"

穿着黑色大衣的金叔叔走过来，在他身后，慈祥地劝说着。

金耀太转过身去，俯视着父亲。

目光交错。

咫尺之间的距离，终于让他可以清楚地看到这个给予自己生命的男人。父亲两鬓的白发更多了，脸上刀刻般的皱纹，写满了沧桑，每一道皱纹仿佛都隐藏着故事。

金耀太心一沉，心疼而内疚。

"爸爸，我心脏很痛，你知道吗？"他轻轻地说。

金叔叔点了点头。他何尝不知道呢？自己死去的妻子也常常在半夜痛得缩在他怀里哭泣，可他一个大男人却无能为力。

这样的疼痛也许再无人可以比他更了解了。

"爸爸，我有……我有……心脏病……是吗？"

他声音颤抖地问着。

一直以来，父亲都告诉他只是心肌炎，很快就好。可是这次，他分明从众人的眼神和举止中，感觉出那并不是心肌炎那么简单。

"太子，你别乱想。心态对治疗是很重要的，现在的医学如此发达，即使是心脏病也不是什么大不了的。"

"我……我会像……像妈妈一样……突然死去吗？"

看到父亲说话的神情，他更加肯定了自己长久以来的猜测。母亲临死的情景再次浮现在他眼前。

难怪朵朵会消失，她一定知道他有心脏病了，所以害怕他死去，才离开他的。想到这里，金耀太一阵心酸，眼泪又流了出来。

"太子，爸爸不会让你离开我的，就是舍弃一切，哪怕成为罪人，爸爸也会救活你的。"

儿子的眼泪，让金叔叔心痛不已，这个在商届风光无限的大老板，第一次觉得自己是那么无用。他脸色沉重地下了决心。

是的，为了拯救儿子，他宁愿一错再错，在伤害过一个善良的女人的之后，再去伤害她的孩子。

"爸爸，你别担心我，我会配合治疗的。为了我爱的人，我也要坚强地活下去。"

苍白的脸在想到心爱的女孩儿时，重新泛起光芒。他的身体里仿佛又注入了勇气。

听到这句话的金叔叔，脸色却突然转变成惊人的惨白。

二十年前他因为贪慕荣华抛弃了初恋的女友；二十年后他的儿子却爱上了他和初恋女友的女儿。如此剪不断理还乱的情感纠缠，该如何收场？

宿命，真的如此残酷吗？

3

医院病房区外的白桦林里。

穿着洁白呢子大衣的女孩儿靠在白杨树后，幽幽地凝望着窗前的男孩儿。风吹过白桦树的枝头，积雪飘落在她细茸茸的短发上，仿佛一只只扑扇着翅膀的雪天使。

沿着她的视线望去。

透明的玻璃窗户前，正站着一个身穿白色病服的男生。

冬日的阳光下，他浅栗色的长发上跳跃着星星点点斑驳的光亮。

这是她在一周后第一次见到他。

上次在医院偶然知道事实真相的她，就把自己藏了起来，连金家别墅都没回去过，好在倪安安够朋友，带着她住到了自己家里。虽然不知道她和金耀太之间发生了什么事情，可是看到朵朵严肃哀怨的眼神，她也不好再多问。于是默默地收留了她。

分别的这些天，她努力控制着自己的情感，却还是无时无刻不在思念着病床上的男生。

　　心脏每跳动一次，疼痛也跟着加深。

　　分离的每个时刻都如同濒临于崩溃的边缘。

　　两天前，她去另一家医院看望了外婆。

　　老人的眼睛已经康复了不少，现在戴着眼镜已经可以看得很清楚了。当她看到长大后的孙女，浑浊的眼睛顿时潮湿了。朵朵明白，外婆是想起了自己的女儿，也就是她死去的母亲。

　　其实对于母亲的死，她一直是心怀内疚的。

　　十几年里，她一直认为母亲是因为听到她的呐喊，受到惊吓，才失足坠楼的。这是她长久以来藏在心里的秘密，不能启齿。

　　甚至不能够触碰，一碰就会流泪流血。

　　也因为这样的原因，当他知道金耀太的母亲为何死去时，才会深刻地体会到他内心的痛苦和长久以来深埋于心的内疚。

　　因为经历过相似的痛苦，他们的心才可以如此靠近。

　　朵朵一度以为自己找到了真爱。

　　可是，那该死的心脏……

　　想到这里，朵朵痛苦地用双手按住了心脏。他们要的不就是它吗？如果没有这颗AB型HR阴性血的心脏，他还会爱她吗？

　　"朵朵，大的十字架是我，小的是你。我们永远不再分开，好吗？"

　　磁性的声音，温柔地覆盖。

"好。我们到死都不分开。"

过去的誓言历历在目，穿越过时空，悠然倒回。往事沉浮，唯独关于他的种种都如同雪花般沉淀了下来。

手中的十字架光芒如初。

他轻柔的爱语依然在耳边回荡。

这话是他的真心吗？还是……

可是，她爱他的心却再真不过了。

一团燃烧的火焰盈盈地向她飘来。

雪地里，穿着红色大衣和鹿皮长靴的林诗碧，迈着优雅的步态向她走来。骄傲的神情，就向一只炫耀着开屏的孔雀。

"怎么？不敢面对他了吗？"

高傲刻薄的声音在朵朵身后响起，她像一只受惊的麋鹿，赶紧转过了身。

白桦树边，一双冷漠的眼睛正幸灾乐祸地注视着她。

饱满盈润的嘴唇，扬起诡异邪恶的笑容。

"知道太子为什么喜欢你了吧！哈哈！"肆意张扬的笑声在冷空气中弥漫，又被白桦树浓密的枝叶挡了回来，盘旋在上空，回声重重。

朵朵睫毛颤动着，努力将眼泪和内心的愤怒忍了下去。

"这是我和太子之间的事情，与你无关！"

第一次，朵朵冷漠地顶撞了她。先前她总是觉得她有愧于她，心里对她充满了怜惜和心疼，而现在当她看到盛气凌人的林诗碧，也第一次明白了同情心泛滥的下场。

"他是我的未婚夫，当然与我有关系！怎么，你不是很爱他吗？一说到要用你的心脏去换他的生命，你就怕了，逃避了吗？"

林诗碧咄咄逼人地说，一副目中无人的模样。

——是呐……你不是很爱他吗？不管他是因为什么目的接近自己，可是过去幸福的时光却是真实存在的。那么多相爱的日子，她难道都可以忘记吗？如果可以用自己的心脏，换来心爱的人的生命，那又有什么关系呢？

朵朵在心里一遍又一遍地质问着自己。

透过茫茫的白雪，看到窗边男生寂寞清瘦的影子。她对他的怨恨刹那之间消失了。

是的——她爱他。

这就足够了，哪怕这爱只是一个人的事情。

女生肩膀微微颤动着，暗淡的眼睛再次闪烁着动人的光芒。她蠕动着嘴唇，目光坚定地说：

"我喜欢太子。我愿意！我愿意把心脏给他！"

"好，我先把他借给你，等你死了，他就全部是我的了。好好珍惜你最后的时光吧！你死了，我会感谢你的，或许还会流几滴同情的眼泪！哈哈……"

红色的火焰招摇地燃烧着，发出旺盛的狂笑声。

林诗碧肆意的笑容，将她的脸扭曲变了形。

犹如一朵浸满毒药的罂粟花。

4

VIP特护病房门口。

从白桦林狂奔而来的朵朵，站在门外大口地喘着气。

当她一路奔跑着，一颗待归的心欢呼雀跃着碰撞时，她终于再次明白了自己的真心。

一周的分离，让她恨不得就此在思念里死去。

倘若因为思念而死，那么宁可把自己的生命献给最爱的那个人。

"我爱的人啊，我在没有离别的天堂里等你，你要好好地活下去，带着我的心脏好好地活下去。请你记得，你的心脏每一次的跳动，都是我在对你说，我——爱——你！"

朵朵默默地在心里起着誓，苍白的脸因为兴奋和愉悦泛起微微的潮红。她的脸上荡漾起从未有过的笑容，月牙般灵动的眼睛，发出宛如钻石般璀璨的光芒。

吱呀——

门开了。

金耀太英俊迷人的脸赫然出现在门口。

浅栗色的碎碎长发，辉映着他惨白的容颜，雕塑般精致的面容，犹如天边最亮的北极星。一双湛蓝清澈的星眸，愉悦中透出淡淡的幽怨和哀伤。

"朵朵。"

他的睫毛颤动着，刚喊出她的名字，眼泪已经滴落下来。

她的眼眶跟着红润了，眉头微蹙，泪花隐现。

为什么他的眼睛里全是浓郁黏稠的爱？为什么他看她的眼神如此的温情？

他不是只希望得到她的心脏吗？

他现在已经达到目的了，她的心脏很快就会在他体内跳动了啊！

"……太子……"

一阵心痛，她喃喃地呼唤着他的名。

他冰冷的手握住她的手，再将它放到自己的胸口。

多么温暖的心跳啊！

朵朵只觉得手心跟着发烫，看他的眼神委屈却炽热。

"朵朵，为什么这么久不来看我呢？是因为知道了我得了心脏病，所以你想逃避吗？"

"不……不是这样的……"

朵朵慌忙打断了他的话，眼泪顺着脸颊滚落。

"为什么最后知道消息的人是我呢？如果我不问，你们打算瞒我到什么时候呢？"

金耀太继续说着，沙哑干裂的声音，像针一样穿透了朵朵。

原来这个世界上最自私的人就是她啊！原来他也和她一样毫不知情！她怎么能够如此伤害他，还消失了这么久呢！她怎么能够如此狭隘地去怀疑他的爱情呢！

"太子……对不起……"

她愧疚地说，眼帘微垂，泪水顺势滚落。

"不，朵朵，你没有对不起我！如果我的死，会让你将来痛苦，那么我宁愿你离开我！"看到女孩儿慢慢垂下的眼帘和晶莹的眼泪，他心疼地柔声说。

她的手赶紧挡住了他青紫色的嘴唇。

"太子，我会跟你永远在一起。相信我，现在，将来，任何情况下，我都会跟你在一起。"

"朵朵，我们再不分离好吗？"

"嗯……"

金耀太深情地将她拥入了怀抱，香草的味道悠然地覆盖。

"太子，现在我们的爱情才真正开始……"

"太子，以后，再不会有别离……"

……

别忘了我，爱人！

一定要在天国里找到我……

我仍在原地，在我们初见时的雪地里……等你……

5

清晨的白桦林。

微风送来白雪清新凉爽的味道，白桦树上的积雪纷纷扬扬簌簌地飘落。幽静的校园小路上，留下深深浅浅的脚印。

被金耀太牵着手的朵朵，不时侧头深情地凝视着雪中矜贵的少年。雪花沾在他浅栗色的头发上，像三月里晶莹娇嫩的樱花花瓣。少年如同希腊王子雕塑般的侧脸，在静谧的空气中划出耀眼如北极星的光芒。

仿佛有朦胧的白雾笼罩在他的周围。

天使在羽翼在他背后轻盈扇动。

朵朵感觉到来自他指尖的温暖，眼底泛起忧伤而甜蜜的浓雾。

握着他的手指，不禁更深地用了力。

金耀太感受到指尖传来的力量，低头凝望着身边天使般纯净的女孩儿。

四目相对，温暖的情愫如同深夜里涨潮的海水，温情暧昧。

两人手牵着手朝教学楼走去。

雪白的小径，赫然留下两道新鲜的脚印。

教学楼的窗户打开了，整个志尚高中的学生都沸腾了。

"金耀太——"

"金耀太，欢迎你回来！"

"金耀太，我们都祝福你健康幸福！"

昔日的校友趴在窗边，大声呐喊着。女生们挥动着手臂，呼唤着心目中王子的名字……

听到这些可爱的校友们真诚的祝福，金耀太眼底浮现出一丝感动。自从遇到朵朵，改掉了过去的恶劣习惯，同学和老师们对他的看法就不一样了，连校园里一些过去被他打过的男生，见到他，也会露出友好的笑容。

一切都开始变得不一样了，像沐浴着圣洁的天恩，生命变得如此珍贵而美丽。仿佛真有天使萦绕在他头顶似的，幸福充溢了他的整个身心。

晨曦微薄的光线下，金耀太欢喜地将朵朵的手臂高高举起，像扬起胜利的旗帜般，挥动着，回应着热情的同学。

"金耀太——"

随着一声尖锐刺耳的声音，同学们的呐喊声骤然停了下来。

空旷的雪地里，穿着黑色披肩，流苏花边裙子的女孩儿缓缓走来。她的身上有股妖娆的气息，唇边带着几分冰冷的恶意。

"太子，恭喜你出院！"

女孩儿眼底有酸涩的味道，眼神透着迷茫和寂寞。

"谢谢！我的……妹妹！"

金耀太意味深长地说，话里全是冷漠的冰凉。

"妹妹？一直以来，你都把我当妹妹吗？"

女孩儿忧伤地说，当看到金耀太和朵朵纠缠的手指，她顿时将愤怒的目光转移向了朵朵。

那目光仿佛要将她撕裂似的……

想到她跟林诗碧的约定，朵朵只觉得浑身发冷，像只受惊的猫，朝金耀太的身边靠拢。

"是的，对我而言，你永远只能够是妹妹！"

男孩儿斩钉截铁的声音，带着拒人于千里之外的魄力。

林诗碧身体微微颤抖着，唇角却荡漾起一抹诡异的笑。

"太子，用不了多久，你就会自己收回你的话了。"

"不，你永远都只能够是我的妹妹！"

因为大病初愈，他的声音尚带着孱弱，可是却有着不容忽视的力量。

"金耀太，朵朵——"

"朵朵，金耀太——"

......

拥在窗台边的学生，不知是谁带的头，自发组织着声音洪亮地喊了起来，用行动支持着两人的爱情。

俨然像是在支持着志尚高中最感人的爱情神话。

林诗碧脸色惨白地仰起头环视着各个窗口探出的黑压压的头颅，身体不自觉地软了下来。骄傲的气息从她身体里游丝般地抽离，愤怒充溢了她身体的每一个细胞，每一个毛孔，她的整个人就这样在雪地里燃烧了起来，妖娆一片。

"朵朵，今天我所受到的耻辱，你必须用你的生命来偿还。请记得我们的约定！"

离开前，林诗碧绕到朵朵身边，附在她耳边，低低地呢喃。

仇恨的声音，带着妖娆诡异的力量。

直到这火焰般妖娆的女人走出很远，那声音仿佛依然挥之不去。

金耀太只觉得握着的小手，突然冰冷下来。

像这冬日的冰霜，没有了任何的温度。

"朵朵。"

望着呆滞忧伤的朵朵，金耀太心疼地喊着她的名。

"太子，我会像雪花一样永远守护在你身边。"

良久，她抬起头，看着阳光下男孩儿熠熠灼人的星眸，忧伤动情地说。

"我们……永不分离……"

他的瞳孔因为心疼而收紧了，一个火热的吻落在她冰凉的额头。

6

白桦林的深处。

站着一个身穿白色呢绒大衣的英俊少年。

他浓密如绸缎般的黑发上沾满了白色的雪花，双脚陷入深深的积雪，与这片结满了冰凌的白桦树融合成了完美无瑕的整体。

他的眼睛发出灼亮的光芒。

一双眼睛自始至终观察着前面茫茫的雪地。漆黑的瞳孔越收越紧，下巴弯出忧伤的弧线，紧抿的嘴唇透出落寞的孤独。

如同一个受伤的天使……

7

周末的后花园。

屋檐边的白桦树，抖落下灿烂如三月樱花般的雪花。

淡淡的霞光透过晶莹剔透的雪花斜斜地照耀在潮湿的积雪里。斑驳的阳光将正在堆着雪人的两人包裹了起来，他们的身上仿佛闪烁着钻石般璀璨的光芒。

被冬日的阳光照耀着的金耀太，有着一种近乎嚣张的美丽。苍白的皮肤，一如白雪般耀眼醒目，浅栗色的长发在风中微微地摇曳着，泛起鳞波般柔和的光泽。温柔优美的唇角，荡漾着迷人的笑靥。甚至连他身上白色的冬装，和白色的棉布袜子，也都美丽得惊心动魄。

此时的金耀太就仿佛插上了翅膀的天使。

连他呼出的白色雾气都像笼罩着天使的光环。

朵朵看得入了迷，微微怔住，眼底波光潋滟。

这样在一起度过的快乐时光还有多长呢？半年？一年？

当她的心脏在她深爱的人体内跳跃，她就成了他了。

生命终结，爱情却刚刚开始……

不久，雪地里赫然出现了一大一小两个雪人。

胡萝卜做的鼻子微微翘起，树枝做的嘴巴裂成大大的微笑。金耀太学着《冬季恋歌》里男主角的样子，将两个雪人的嘴凑到了一起。

"朵朵，如果我是《冬季恋歌》里的俊尚，你会是有珍吗？"

"是，可是我还是喜欢金耀太，我想做太子最宠爱的朵朵。"

朵朵撒娇地说着，忧伤甜蜜地将头深埋进了金耀太的怀里。

在客厅沙发上坐着的金叔叔满面忧伤看着后花园里亲昵的两个人。自从金耀太生病出院后，他们两人的爱情也仿佛升华了似的，任何情况下都形影不离。每当看到热恋中的两个孩子，金叔叔的心都忍不住痉挛着疼得厉害。

白雪映照下的他，明显地苍老很多。拧紧的眉头，再没有舒展过，中年男人独有的沧桑而深沉的眼睛里，弥漫起寒冷的雾气……

……

"为什么要离开我？"雪地里，美丽的女子眨巴着月牙般的眼睛，泪如泉涌。

"我过够了这样贫困潦倒的日子，我是男人啊！"一边呆呆站着
的俊美的年轻男人，大声地咆哮着，眼神冷漠……

"过几年就好了，我们以后会好起来的……"女子声嘶力竭地哀求
着，双手拉着青年男子的手，不肯松手。仿佛一放开，他就消失不见了。

"不，我只要现在，那个女人可以给我想要的一切……"年轻男
人冷冷地说着，一把挣开了女子的手，雪地里的女人，一个趔趄摔倒
在了雪地里，像一朵飘零坠落的雪花……

俊美的男子转身离开了，连一个怜悯卑微的眼神都没有留下。

茫茫的雪地，留下一长串空荡荡的脚印……

他的渐行渐远的背影，浓缩成白色尽头里摇曳的一个黑点……

"别走啊，金哲……我爱你……"

空旷的雪地里，女人凄厉忧伤的声音在空气里长久地回荡……

……

金叔叔眼睛湿润了，白色雾气笼罩着他。

他在心里艰难地下了决定，让自己的儿子一毕业就和林诗碧举
行婚礼，然后再去读大学。虽然这样的做法有点儿荒唐，可是这已经
是唯一可以拆散他们的办法了，否则亲生的儿子娶了亲生的女儿，那
将是更荒唐至极的事情。而眼下，他得尽快让朵朵搬离金家，在必要
时，他只有牺牲女儿保全儿子了。

想到初恋女友的死，还有受尽委屈的女儿，他的心纠结着疼了
起来……

可是，为了自己偌大的家业后继有人，他必须如此狠心。

"金先生，医院打来的电话……"正在这时，赵姨的声音在客厅里响起，他赶紧整理了情绪，回过头去。

"金先生，朵朵呢？她外婆好像突然病重了，想见她……"

赵姨神色慌张地说，手中还握着话筒，目光焦躁地站在偌大的客厅里。

"在后花园里，你去叫她吧！我累了，上楼去休息了。叫司机送她去医院吧！中午吃饭别叫我了。"金叔叔疲惫地说，起身上楼了。

赵姨唯唯诺诺连连点头，目送着金先生的背影消失在楼梯的尽头，这才焦急地朝后花园奔去。

偌大的客厅，紧张的气息立时弥漫。

8

豪华的奔驰车里。

空调开着，车内宛如初春般的温暖。

"司机，再开快点行不，再开快点！"朵朵焦急地催促着，额头上冒着细密的汗珠，脸色绯红得像散落的樱花。

金耀太将她紧紧地拥抱在怀里，用手温暖着她。

"小姐，这已经是最快的速度了……"司机无奈地小声说着，目不转睛地盯着前方。

人潮汹涌的大街上，车子像离弦的箭般，飞快地奔驰着，惹得人群不时发出尖叫声，咒骂着朝人行道奔去。

医院里。

病床上，外婆干枯瘦弱的身体躺在洁白的病床上，像一片枯萎的树叶，随时都会飘走。

朵朵将外婆干枯的、青筋凸起的手抱在胸前，泪流满面地祷告着。

氧气罩里突然发出几声混沌的声音。

外婆的眼睛眨了眨，努力地睁开眼睛。

"……朵朵……"

病床上的老人轻轻地呼喊着心爱的孙女的名字。

"我在这里，外婆，朵朵在这里呢！"看到外婆醒来，朵朵欣喜地重复说着，细茸茸的短发也随着头的节奏跳跃着。

"……扶外婆……起来……我要好好看看我的……乖孙女……"

老人吃力地喃喃说道。

朵朵赶紧和金耀太一起，将病床的一边升高了。

外婆坐了起来，大口喘着气，突然她的目光惊奇地落在金耀太的脸上。

"朵朵……他是……？"

"外婆，他是我的男朋友，也就是金叔叔的儿子，叫金耀太。"朵朵介绍着，羞涩地低下了头。

"外婆，我会好好照顾朵朵的，放心吧。"金耀太赶紧乖巧礼貌地附和着说，眼神里全是真挚而浓郁的真情。

仿佛要把每一道目光都酿成甜蜜的爱情。

"……好好……这我就放心了……"

外婆喃喃地说着，笑容和蔼安详。看到两个年轻人相爱的模样，她原本悬着的心终于落地了。以后即使没有她的陪伴，她的乖孙女，也会快乐地活下去，被人当成掌心里的宝贝般呵护着。

"我还有个心愿啊……想回到芳草镇看看……怕没机会……"

病床上的老人突然无限伤感地幽幽说道，片刻之前还欢愉的眼神突然暗淡了下来。

"外婆，一切会好起来，朵朵陪你去看……"

女孩心疼地说着，眼泪溢出了眼眶。

金耀太望着外婆和朵朵难过的样子，心纠结着痛了起来。默默转身离开了病房。

9

奔驰车里，朵朵悲伤地抱着骨瘦如柴的外婆，泪眼婆娑。

金耀太默默无语地凝视着朵朵，将包里医生给的药握得更紧了。刚才他去医生的办公室，说了半天好话，终于让医生妥协了，给了他们半天的时间，所以他才赶紧叫司机开了车，朝芳草镇驶去。

连绵不断的白桦树在车窗外不断地向后倒去。

车子不久驶到了芳草镇。

中午明媚的阳光照耀着皑皑白雪中的芳草镇，古老的木头房子，布满了潮湿的深绿色苔藓，阳光下，闪烁着灵动的绿色。青石铺成的小径，散发出古老的味道。远处连绵起伏的银白色的山顶，在阳光下闪烁着镜子般明艳的光芒。

此情此景是多么熟悉，却恍如隔世……

金耀太突然觉得这样的画面无比的熟悉，仿佛他前生就曾见过，于是仔细搜索着脑海里的每一个记忆。

另一边。

朵朵和司机正小心地搀扶着枯瘦的老人坐上了轮椅，再推着她来到了老屋外的草坪上。此时的老屋已经改成了小小的商场，却因为生意冷清，变成废墟。

无数残缺的瓦砾仿佛在诉说着一段陈年的往事……

废墟前的草坪上，覆盖着厚厚的积雪……

一望无垠的洁白，再与天边的云朵连接成一片。

"朵朵啊，每次到这里，我都会想你的妈妈，还有小时候的你……"外婆说着，发出长长的叹息。

"外婆，别难过……朵朵在身边呢……"

朵朵猫一样朝外婆的身上蹭了蹭，无限悲伤地柔声说。

时光仿佛悠然之间倒流了回去，瑰丽的记忆之门正悠然地开启……

所有被遗忘的记忆在顷刻之间画卷般地放映，如同沉睡的睡莲般，舒展每一片花瓣……

那时候的草坪还是绿的，蓝天白云，云淡风轻。她还尚是个头扎麻花辫儿，穿着白色棉布裙子的小女孩儿，每天唱着外婆的摇篮曲，在草坪上和小哥哥林俊寒追逐着放风筝，常常因为贪玩而耽误吃午饭。于是外婆慈祥焦躁的声音会穿过茵茵的草坪悠然间飘来，朵朵就调皮地丢下风筝，像一只欢快的麋鹿般奔走了……

只留下小哥哥无奈而宠溺的遍遍叮咛……

往事如烟，一场时光变迁，一场黄粱之梦。朵朵的眼睛湿润了。

"啊，我终于想起来了，这个地方，我看到过！"正在这个时候，金耀太发出一声惊喜的叫声，打断了沉浸在回忆里的朵朵……

几个人都同时回过头来看着他。

"金耀太……你……"

朵朵吃惊地望着他，疑惑地问，月牙般的眼睛轻轻地眨巴着。

"我在父亲的照片上看到过这个地方。"金耀太悠悠地说，声音尚带着愉悦和激动。难怪他第一次见到朵朵就觉得无比的熟悉，原来她竟然和自己的父亲来自同一片故土。

"你父亲……你父亲叫什么名字……？"坐在轮椅上的外婆突然用古怪的眼神注视着少年，声音微颤地询问。

"金哲，我父亲叫金哲……我在家里的相册上看到过这里……"

金耀太缓缓地说。

"金哲……"

外婆浑浊的眼睛刹那之间暗淡了下来，几行眼泪缓缓地流出。

10

"说啊，这到底是谁的孩子？你这个死丫头……"愤怒的中年妇

女，像发怒的狮子般咆哮着，使劲抽打着跪在地上的大腹便便的年轻
女子。

"妈妈，饶恕我吧！我不能够说出来啊，我只要我的孩子啊！"
年轻女子用冻得通红的双手护着臃肿的肚子，艰难地躲避着雨点般的
鞭子，不时发出凄厉的哭声，红肿的眼睛却全是倔强的母爱。

"死丫头，你要气死妈妈吗？到底那个小子是谁啊？"中年妇女
跟着哭了起来，仍旧挥动着鞭子继续追打着年轻女子。

"……"

"还不说吗？"

"……"

"我怎么有你这样不争气的女儿啊！"

"……对不起……妈妈……"

地上的孕妇低低地乞求着，目光呆滞，干涸的眼睛再也没有了眼
泪，犹如一汪干枯的泉水。

看到女儿这样的一副样子，妇女终于动了恻隐之心，手中扬起的
鞭子，无力地垂了下来，踉跄地跌坐在台阶上，默默垂泪。

沉默，空气中是令人窒息的沉默。

缕缕隐忍的哭泣声，在寒冷的空气里扩散不去地弥漫，漫涨。

"是金哲的孩子吗？"良久，中年妇女头脑里突然出现一个男孩
的名字，率先打破了沉默，低声问。

"……"

"你不回答，那就是了……我去找他算账去……"气愤不已的少
妇，轰地站了起来，准备离开。

"妈妈……"

年轻的女孩儿跪在地上，抱住了妇女的腿，拼命地阻挡着。

少妇终于软了下来，泪流满面地望着匍匐在脚边的女子。

"妈妈，我结婚，我会快点结婚……请为我隐瞒这件事情吧！"

脚下的少女泪流满面地哀求着……

"……"

"妈妈，求你了，留下我的孩子吧！失去金哲，再失去他的孩子，我会活不下去的。"

少女哀哀的哭泣终于让她动容了，妇女瞳孔里的怒气瞬间熄灭了，忧伤地点头答应了少女的乞求……

"妈妈，谢谢您……"

11

"外婆，你怎么了……？"朵朵轻声地询问着。

"没什么，没什么……想起过去的一些事情了……"回过神来的老人，悠悠地说着。

"外婆，该吃药了，医生规定的时间到了。朵朵，你让司机拿水过来。"金耀太柔和地说着，孝顺而乖巧。

"嗯。"

朵朵连连点头，像只愉快的小鹿般跑开了。

一对恋人搀扶着老人吃下了药，金耀太细心地用纸巾为老人把唇边不小心沾上的液体擦干净。

看着紧紧依偎的一对恋人，老人脸上的神情愈发痛苦，仿佛随时会死去，她浑浊的眼睛再次暗淡下来。

雪地里，不时传来恋人的甜言蜜语，欢声笑语温暖着整座小镇。

只有坐在轮椅上的老人，一脸孤独。

她的每一条皱纹里，都淌满了无尽的忧伤。

12

傍晚，离城某医院的特护病房里。

透过偌大的透明玻璃，天边不知何时又下起了雪花。纷纷扬扬的，没有尽头。

华灯初上，照射着晶莹的白雪，像天使坠落的羽毛……

病房里，枯瘦的老人躺在洁白的病床上，气息微弱。干枯的皮肤上，青色的血管高高凸起，青紫的嘴唇，闪不出一丝的光泽。

金耀太赶忙和朵朵一起拿了两个柔软的枕头垫在老人的背后，再将柔软的棉被盖在老人的腰际。

看着乖巧孝顺又礼貌懂事的金耀太，老人眼里氤氲起白色的雾气。她用怪异的眼神看了他一眼，虚弱地挥了挥手，示意他出去。

金耀太俯身刚好捕捉到老人的眼神，不知道为什么，这个眼神突然让他感觉到害怕，仿佛冥冥之中，有种不祥的预兆。他怜惜地抚摸着朵朵的手，长久不愿意松手。

直到老人发出几声干咳，他才怏怏地离开了。

不多时，窗外响起汽车启动的马达声，载着悲伤的金耀太离开了。

马达声在雪夜里悠长地响了几声，再次安静下来。

病房里的空气却仿佛突然凝固了。

握着外婆的手的朵朵，突然觉得心痛难忍，仿佛有心灵感应似的，等待着未知的命运。

"朵朵，搬出金家吧！"半晌，空气中传来外婆冰冷的命令。

"外婆，为什么呢？"

朵朵紧张地询问着。难道外婆知道金耀太有心脏病了吗？她在心里不安地想着。

"不为什么，总之，你不能够跟金耀太在一起！"

"外婆，我爱他啊！没有他，我活不下去的，没有我，他也活不下去啊！"

女孩儿漆黑的瞳孔，收紧了，低低地乞求着。

自上次从芳草镇回来，外婆就变得很古怪。老是一个人发呆，或者默默地流泪。这让朵朵担忧不已。

"朵朵，如果你不想看着外婆死，就跟他分手吧！"

老人气息屡弱，却坚定无比地说着。

她的胸口随着愤怒的声音，剧烈地起伏着，仿佛随时徘徊在死亡的边缘。

朵朵赶紧停止了追问，惊慌跑到病房外叫医生。

"朵朵……答应我……和金耀太分手……"

老人气若游丝地说。

"嗯……外婆……我答应你……"

Chapter 7
得不到的救赎

1

金家别墅。

朵朵脸色苍白地收拾着行李。赵姨在一旁帮着收拾，不时叹着气。

小雪球在她身边绕来绕去，不时发出几声低低的呜咽，仿佛也有所感知似的为离别而感到悲伤……

"朵朵，你跟老爷有矛盾吗？"赵姨小心翼翼地询问着，跟这姑娘相处了几个月，她已经从心里喜欢上了这个女孩儿。原本四个人相处得很愉快，可是前天不知道为什么，金先生却突然让她帮着朵朵搬离这里。这让她很是伤心。不过，她好像也看出点端倪，事情就是从少爷和朵朵开始亲密后改变的，她知道金先生一心希望少爷娶林家的小姐。这是老早就定下的婚约，也许是金先生怕朵朵的出现节外生枝吧！她这样想着，看着旁边一脸淡然的女孩儿，她反倒愈是心疼。

"不是，即使金叔叔不让我走，我自己也要走的。"

朵朵神情忧伤地解释着。

　　自从金耀太从医院回来后，她跟金叔叔的关系也跟着变得很微妙，两人见面除了尴尬地点点头，连一句话都无法说出口。让她搬走这当然是情理之中的事情。加上外婆天天吵着让她和金耀太分手，怕影响了外婆身体的恢复，离开已经是必然的事情。

　　房间里，发出细微的声响，朵朵慢慢将自己需要的东西塞进行李箱里。

　　"咔嚓——"

　　正在这时，门突然开了。

　　金耀太满脸怒气地挡在门口。

　　"朵朵，为什么要走？我到底做错了什么？你告诉我好不好？"

　　少年声嘶力竭地呐喊着。

　　朵朵和赵姨同时停下了手中的活，惊讶地望着门外怒气冲冲的少年。

　　"太子。"

　　一声轻轻的呼唤，钻石般的眼泪已经在她的眼眶里转动。

　　"朵朵，是父亲让你离开的吗？还是外婆不满意我了？"

　　少年哽咽着，泪眼婆娑。英俊的脸上因为镀了层凄凉的光芒，更显出令人心碎的美丽。

　　赵姨难过地退出了房间，轻轻带上了门。

　　"不是，是我自己要走的。"

　　朵朵倔强地说着，她不希望太子仇恨自己深爱的外婆，更不希望他仇恨自己的父亲。她宁愿他恨的是她自己。如果迟早她将离他而去，她宁愿他忘记他，只留下她的心脏在他的身体里跳动，快乐单纯地活下去。

也许真正能给予他幸福的是林诗碧吧！至少在她离开后，他们可以生活在一起。

亲爱，原谅我的决绝，如果你能够在极度的幸福中忘记我，那我也心甘情愿了……

朵朵悲哀地在心里默默祝福着，泪光盈盈。

"朵朵，你不爱我吗？"

"……"

"朵朵，不是说永远要在一起吗？"

少年慢慢地走近她，香草的气息瞬间将她包裹。

"太子……请你原谅我……"

为了外婆，为了金叔叔，为了她深爱的人将来不至于痛苦，她不得不这样做啊，天知道她是多么的不舍得。

"朵朵，为什么？为什么？为什么？"

少年摇着女孩儿消瘦的肩膀，胸口剧烈地起伏着，身体瑟瑟发抖，仿佛摇曳在狂风大浪中的小舟。

"太子……我喜欢你……可是，我再也无法跟你在一起了……"

想到病床上的外婆，金叔叔因为儿子而衰老的面容，还有金耀太将来因为思念她而孤独内疚的样子，她默默地垂下了眼帘。

"只能够这样吗？"

"唔……是的。"

少女艰难地开口，声音很轻，却带着不可逆转的力量。

女生默默地提起了箱子，准备走出房间。

"你……走吧……"

沙哑绝望的声音从男孩儿的口中发出，他痛苦地闭上了眼睛，不愿意看到她离开的背影。

脚步声渐渐微弱。

她单薄消瘦的白色身影，终于消失在了金家华丽的大门。

2

转眼就快到学期结束了。

志尚中学的学生都紧张地做着最后的搏斗，高三的教室就宛如硝烟弥漫的战场一般，每个学生都在埋头苦读。

只有窗边的一个座位孤零零地空着，布满了尘挨。

朵朵常常望着这个空座位发呆，如果遇到下雪的天气，更是情不自禁地默默垂泪。

倪安安总是陪伴在她身边，小心翼翼地守护着她。看着郁郁寡欢的朵朵，她不由自主地想起初见时像一只受惊的麋鹿般乖巧可爱的她，她的忧伤，她的欢喜，她的纯真，她的善良，她的倔强……到底哪个才是真实的她呢？不过这些对她来说已经不再重要了，她已经决定再不让她受到任何的伤害，像个真正的朋友一样将屠弱的她保护起来。

林俊寒时不时会在下课时为她送来可口的零食，也会在放学时开着白色的宝马来接她下课。由于推辞不过，她每次都是敷衍地应付着。

他看她的眼神也越来越奇怪，带着浓烈的爱情，还有种说不出的诡异的神态。

这让朵朵很是不安。

而她当然不明白，林俊寒已经从妹妹林诗碧的口中，知道了他和太子之间所有的秘密。

因为上次林诗碧在雪地里又被羞辱时，林俊寒正在白桦林背后站着，目睹了整个场面。林诗碧最后那一句话"朵朵，记得我们的承诺"也被他听到了。于是在同一个夜晚，林俊寒让死党闵昌浩把林诗碧约去了酒吧。

当林诗碧被灌醉后，林俊寒借口带她回家，轻易地避开了昌浩。在车里，他终于从她口中套出了朵朵和金耀太是亲生兄妹的消息。也知道了阴险的金叔叔为什么要带朵朵回别墅。

知道事实真相的他，决定拯救自己心爱的人。

可是太子又是他的朋友，他当然也不希望他遭遇不测。所以，他一方面焦急地营救着朵朵，一方面还找人四处寻找着AB型HR阴性血的心脏。

——友情和爱情之间，艰难的抉择。

——因为失去谁都会痛苦不堪，失去谁都会背上良心的枷锁。

3

在没有找到心脏的日子里，在默默忍受巨大痛苦的日子里，林俊寒总是想着能多一些时间和朵朵在一起，因为不知道自己有没有力量去改变这个现实。

所以，每一秒在一起的时间都显得尤其珍贵。

而处在痛苦和被孤立中的朵朵，也希望着被人陪伴，尤其是一直像哥哥的林俊寒。

但——

志尚高中的校友却对他们看似暧昧的关系，有了看法。

毕竟这两个人都是整个学校的风云人物，一个是太子第一个正式的女友，而另一个又是志尚高中三大酷太子的成员。他们的绯闻不久就在学校传得沸沸扬扬。先前支持朵朵和太子恋爱的人都把矛头直指了两个人。

在流言蜚语中，原本清白的两个人，一个变成了在男友最需要帮助时离开的水性杨花的花花公主，一个变成了在朋友最危难时乘虚而入背叛朋友的不仁之人。

除了倪安安，在金耀太没来上课的日子里，班上的同学都自发地孤立起了朵朵。

每当林俊寒带着可口的美味食物，径直越过人群奔向朵朵，同学们都发出唾弃的声音。当她在众目睽睽之下，强行被林俊寒拉上宝马车时，更有人朝着她扔垃圾。

　　校园的厕所里，不知道是谁写下的侮辱的话，也在不经意间开始流传。

　　因为和朵朵接近的关系，倪安安也变成了全班的敌人。

　　她的抽屉里，不时可以掏出些莫名其妙的东西，今天是一条毛毛虫，明天又不知道是谁扔进去的玩具蛇，每次都吓得胆小的她大叫着跳起来，匍匐在桌子上默默哭泣。

　　看着安安瑟瑟发抖的消瘦的肩膀，朵朵唯一能做的就是轻轻抱住她颤抖的身体，陪着她一起哭泣。

　　为了让安安在班上的处境不至于艰难，她开始故意不理她。

　　无论她怎么讨好地跟她说话，她都一言不发地冷漠对待，甚至连一个温和的眼神都不再留给她……

　　这样故意伪装了一段时间，倪安安终于不再找她说话了。

　　这个芭比娃娃一般的女孩儿仿佛也突然从她的世界里消失了似的。倪安安的话越来越少，朵朵常常无意间看见她望着自己的方向发呆，仿佛欲言又止。

　　每次当她倔强冷漠地扭过头时，心都痛得似在滴血。

　　不过这样没多久，倪安安的尖叫声明显少了，渐渐的她又回到了大群体中，再没有人捉弄她了。

　　朵朵欣慰的同时，又感觉到无限的伤感。

　　也许只有让太子完全地恨她，她才可以赶在他发病之前，将自己的心脏给他呢。

　　如果只有这样才可以让她遵守和林诗碧之间的约定，让她深爱的太子在漫长的时光中，不再因为想念她而痛苦……

　　坐在教室窗前的朵朵长久地凝视着窗外的雪花，仰起头努力将眼泪倒流回心里。

　　午间广播的音乐响起——

　　……

　　My memory

　　我记得一切那一刻

　　当我闭上双眼历历在眼前

　　You're far away

　　在那遥远的地方

　　无法对你说我爱你，我等你

　　……

　　现在我要向你表白！

　　Wanna love forever

　　如果一切还来得及

　　永远陪在我身边留在我心中

　　经过许多岁月

　　即使离我很远

　　……

Wanna love forever

如果一切还来得及

永远陪在我身边

……

4

期末考试接踵而来。

原本纷扬的大雪却在考试前停止了，连续几天的温暖阳光，将同学们临考的紧张心情也融化了。校园广播站貌似也换了新的主持人，由以前悲伤的音乐换成了轻松的流行音乐。

死气沉沉的学校，仿佛突然之间焕发了无穷的活力。

一大清早，刚从外婆所在的医院赶过来的朵朵，低头走进了教室。班上的同学仍旧用不友好的目光打量着她，仿佛要将她的心掏出来，区别它的颜色。

孤独地坐在靠窗的位置上，抬头低头都能看到身边铺满尘埃的桌子。朵朵的心也因为担心而纠结着疼痛起来。这么多天了，她再没有见到过他，他的病好些了吗？他的心脏还疼吗？他落下的功课怎么办呢？

这样想着的朵朵，情不自禁地从包里拿出手巾小心翼翼地擦拭着旁边布满尘埃的座位……

——"人都被你气走了，还擦干净干吗呢？"

——"就是，水性杨花的坏女人，你不是连太子的死活都不管吗……"

——"真是假惺惺啊，看起来挺单纯的，没想到这么世故老练……"

怨恨的声音，恶意的攻击，无休止的嘲讽，从教室的四面八方飘来，先是低低的，接着越来越响。

朵朵的耳朵却仿佛突然间失去了听觉，周遭的声音都在刹那之间消失了，她是聋子听不见了。她极尽温柔地擦拭着桌子，小心谨慎，就像是在擦拭着珠圆玉润的珍贵钻石。

她越擦越有力，眼前的桌子仿佛变成了金耀太矜贵动人的脸，那是一张多么让她心动的爱到恨不得死去的脸啊。

他苍白的脸可真脏，她怎么擦也擦不干净……

她哭了起来。

忧伤隐忍的哭声，穿过晴朗的天空。

世界的尽头仿佛又飘起了纷飞的大雪……

同学们惊奇地看着发疯般的朵朵。

她短茸茸的头发，随着身体的晃动而跳跃着……

她的眼底全是如水的柔情，黏稠得无法稀释……

就在那个冬日的阳光明媚的清晨，每个同学都目睹了这个发疯的女孩儿。连窗户边都挤满了看热闹的人群……

所有的目光汇集成了一场盛大的检阅。

林俊寒的目光夹杂在这些目光里，心痛到无法言语，却渺小到忽略不计。

5

突然间，教室的大门被谁一脚踢开了。

轰然之间的巨大声响，压住了同学门所有的言论。

金耀太愤怒的目光越过同学们黑压压的头顶，直直地凝视着疯狂擦拭着桌子的女孩儿。浅栗色的长发在阳光下闪烁着星星点点的光芒，他的下巴猛地收紧了，唇边荡漾起以往玩世不恭的笑容。

在他身边站着的林诗碧正挽着他的手，穿着华丽的最新款香奈儿冬装，像一只正在炫耀着开屏的孔雀。她的眼里是目空一切的骄傲，如果有人仔细观察，就会发现这个骄傲的女孩正露出一抹诡异的微笑……

人群自动分散出一条畅通无阻的大道，沿着这条大道，金耀太缓缓地向着朵朵走去，越接近她，他的心就疼痛得越是厉害……

该死，她到底在做什么？

为什么如此疯狂地擦拭着自己的桌子，为什么眼底氤氲起的雾气让人如此心碎？她不是和背叛自己的林俊寒在一起了吗？她不是每天吃着他送给她的可口食物，坐着他的宝马车招摇过市吗？她不是早忘了他吗？为什么还要装作这个样子？是她在演戏吗，还是……

金耀太的眼底突然流露出不易察觉的心疼，瞬间又被从前的冷漠取代了。

同学们屏息观察着事态的发展。

空气仿佛瞬间凝固静止了……

"朵朵，你这个疯子，快给我停下，听到了吗？给我停下——"

静谧的空气里，只有金耀近乎咆哮的怒吼在回荡。

朵朵的耳朵瞬间嗡嗡作响，一片空白——不，她的耳朵出了问题吗？为什么好长时间什么都听不见了，只有他的脸，在眼前千转百回地晃荡，晃荡……

"停下，叫你停下，疯子，疯子！"气愤的林诗碧一把抓住了朵朵飞快擦拭着桌子的手，再用一只手捏着她的下巴，将她整个的脸都提了起来。

"痛啊——"

朵朵尖叫了一声，终于恍然从错觉中回过了神。

金耀太的脸赫然出现在她眼睛的上方，略微苍白的脸，像樱花般晶莹的皮肤，黑色的瞳孔，发出钻石般盈动的光芒，微微扬起的嘴唇，如此矜贵、骄傲……

仿佛有天使的羽翼在他的身边微微颤动……

朵朵眼睛湿润了，不由自主地伸出手臂，想要触摸这张在她梦境里千转百回，在任何背景下都能浮现的脸……

"拿开你的脏手，你这个坏女人！"

熟悉的大手一把推开了她的小手，手指触碰的刹那，她感觉到从未有过的冰凉……

——他病情又加重了吗？

——是的，只有让他继续保持住这愤怒的火焰，一直这样的在心里仇恨她，他才不会因为得到她的心脏而伤心吧！

那么，就让自己变成可耻的可恶的被万人唾弃的女人吧！

如果这样，可以让心爱的人一生幸福！

朵朵难过地低下了眼帘，调整了情绪，恢复了同他一样的冷漠神情。

"我看见桌子太脏了，影响我上课的情绪而已——是的，我早不爱你了——"女生故作冷漠，不时仰起头，将眼泪逼回心室。天知道说出这话的她痛到了哪种不堪的地步。

金耀太瞳孔里的光芒缩紧了，脸色陡然变得惨白。

朵朵视若无睹地继续说着："我就是为了可以住到你家，享受荣华富贵，才假装爱上你的！现在我不在你家住了，为什么还要委屈自己爱上你呢？你大概不知道吧！我喜欢的人是——林俊寒，从我还是孩子的时候就喜欢他了——"

当这话从她口中说出，她只觉得身体仅有的温度也在瞬间被抽干了。

仿佛有把匕首刺进心里似的，金耀太心脏剧烈地跳动着，青紫的嘴唇透出微微的黑色，细黑的睫毛在雪白的肌肤上轻颤，他的身体像枯萎的落叶般颤抖着，跟跄地扶住了旁边的桌子。

林诗碧邪恶诡异的笑容更深了："我早就说你跟我哥有一腿。现在总算承认了吧。也好，反正毕业，我就跟太子结婚了，金叔叔跟我父母把日子都定好了，本来打算请你来的，现在看来，也没那个必要了。"

毕业——结婚——

天，我的天啊！

——心怎么这么痛！连呼吸都如此的难受？！

朵朵只觉得天旋地转，仿佛所有支撑着她的力量都在瞬间像丝一样抽离出了她的身体。疼痛，漫无边际的疼痛！

全世界，全宇宙，所有的一切，在这一刻都失去了存在的意义。

她无比凄凉地看了看面前的一对恋人，强迫着让自己冷静下来，理智下来。

"恭喜你们了！你们可以结婚再好不过了……像金耀太这样的男生，怎么可以和林俊寒相比呢，我从来没爱过他！"

她越说越激动，不自觉地握紧拳头，仿佛想给自己力量。

——太子，但愿我爱你多深，你就可以恨我多深！

女生内疚地在心里一遍遍祷告着，心撕裂般地痛起来，她仿佛可以感觉到此时她的小爱人的疼痛，他们的心脏早已经交换过了！

该死，那颗该死的AB型HR阴性血心脏！

"……啊，朵朵……算我……算我看错你了，你真是，无耻——"瘦弱的倪安安，从人群中挤了出来，狠狠扇了朵朵一个巴掌，捂着脸痛哭着跑掉了。

同学们愤怒的目光仿佛要将这个可耻的女孩儿剁碎似的……

紧张的空气似乎一触即发。

"……唔，你真有胆量啊……朵朵！真想不到啊……我曾经白痴一样地为你改变了那么多！原来你跟所有下贱的女人一样！爱的只是我的脸，我的家世，还有我老爸死后留给我多少家产，对不对！现在，知道我有心脏病了，活不了多久了对吧！你怕一无所有对吗！所以你又去勾引林俊寒了……佩服，你手段可真高明，你是想每个男人都被你玩弄于股掌之间才甘心吗？！"

金耀太轻佻地抬起她的下巴，让她的整张脸直视着自己。

女孩儿月牙般的眼睛眨了眨，晶莹的眼泪瞬间从浓密的睫毛溢出。

左边第二根肋骨下，传来清晰的疼痛。为什么恨她，在看到她流泪却仍旧忍不住心痛呢？

男生一个踉跄，险些摔倒。

林诗碧赶紧上前搀扶住了他。

这个女孩儿就像他的一场噩梦，每一个细微的回忆都会使他的心抽搐般地绞痛。可是为什么，他竟然仍旧奢望她再分出一点点，哪怕一点点怜悯同情的施舍的爱给他也好呢！看着她胸前闪烁的十字架钻石，他的心底又浮起一丝卑微的希望。

"是的，我就喜欢玩弄男人！那又如何呢？"

迎着金耀太的目光，女生咬紧牙，倔强地说道。

一句话，将他仅剩的微茫希望也打得支离破碎，他痛苦地闭上了眼睛。

看着他颤抖的睫毛，天知道，此时的她心已经痛到不堪忍受的田地。

——太子，再等最多半年，也许只是几个月吧！当我的心脏在你身体里跳动时，你就明白我对你的爱有多深了！太子，我爱你，我爱你，我爱你啊！现在只是无法说出口，我们的爱情在我的心脏融入你身体的时候，才是真正的开始！

——我爱你！

——以后，你的心每跳动一次，都将是我在对你说，我爱你！

"我——恨——你！我也恨我爱过你！朵朵，我永远无法原谅你。走吧，我再也不想再见到你了。再不走，我怕我真会杀掉你！我真恨不得杀掉你！"

声嘶力竭的怒吼中，金耀太用尽最后的力气，将她推倒在了地上。就在她即将坠落地面的时候，先前趁着混乱溜进教室的林俊寒飞扑过来，接住了她。她的身体，像羽毛般悠然落在他的怀里。

看着眼前亲密拥抱在一起的两个人，金耀太听到自己身体里心脏破碎的声音，美好的爱情，泡沫般破碎了！原来所有的美丽都不过是海市蜃楼般的脆弱，一碰就灭了！

他的身体晃动了几下，伴随着同学们震耳欲聋的惊呼声。

金耀太像一座轰然倒塌的大山般倒了下来。

他嘴唇紫青，面容苍白，眼角还有几颗晶莹的泪珠，闪烁着动人的光芒。

当他倒下去时，双手仍旧保护着心脏。那是他深爱的人的心脏啊，他们早就交换过了心脏的。

"朵朵，我们交换心脏好吗？你的心脏是我的，我的心脏是你的！"

昏迷之前，昨日的山盟海誓依然在他耳畔回响……

他幸福地闭上了眼睛……

6

期末考试后，雪，又纷纷扬扬地下了起来。

从此，再没有停止过……

期末考试，朵朵和金耀太同时缺考了。金耀太因为心脏病突发住院，而朵朵一是因为外婆的病情加重，需要照顾。

而，更重要的一方面，是她已经预感到约定的归期就要来临了……

趁着外婆熟睡的间隙，她会坐在窗边，眺望着远处飘零的白雪，陷入冗长的思绪。

太子，我爱你，就快对你说出口了，你高兴吗？

以后，我会在你渴望的眼睛里，度过每个宁静的黄昏。

我将牵着你的手，一起在雪地里堆雪人，打雪仗……

然后，我们去寻找生命的湖。

你啜饮着清澈的湖水，

从此，你的心再不会痛了，

我的心是你的，你的心是我的……

……

雪花凌乱地飘落，仿佛是天使掉落的无数羽毛。

朵朵站了起来，打开窗户，将手伸向了雪花。一朵雪花赫然飘落在她温热的掌心，融化成了一滴咸咸的眼泪。胸前的十字架闪烁着动人的光芒，她月牙般的眼睛顿时跟着亮了起来，如同潮湿的湖面，波光潋滟。

"太子，你要好起来，带着对我的愤怒好起来，我的心脏就快因为你而跳动了。"

朵朵喃喃自语着。

丝毫没有发现旁边病床上的外婆已经醒来多时，凝望着出神的她很长时间了。

病床上的老人看到心爱的孙女孤独的背影，心疼挛着疼痛了起来。如烟缥缈的往事潮汐般的在她脑海里涨落，那些陈旧的被封尘的记忆随着时光又再度倒流了回来……

作为历史的见证人，她突然被赋予了力量，想要把这遗失的记忆告诉朵朵。

也许长痛不如短痛吧！

如果只有知道事实的真相，朵朵才会忘记那个错爱过的人的话！

病床上的老人嘴唇翕动着，艰难地发出了声响："……朵……朵……"

窗前的女孩儿听到呼唤，赶紧擦干眼泪，露出一张如花朵般灿烂的笑靥，赶到了病床前。

朵朵微笑的脸。

外婆的心却更痛了。

"外婆，有事吗？是不是口渴了，朵朵给您倒水哦！"

女生乖巧懂事的模样，让外婆于心不忍地痛苦起来，她赶紧挣扎着坐了起来，制止了她："朵朵，扶我坐起来！"

"好的，外婆！"

朵朵说着将雪白的枕垫靠在了外婆背后，又掀起被子，为外婆盖住身体。

"朵朵，坐过来……在外婆身边坐下，好吗？"

"嗯！"

连声答应着的朵朵，搬来了板凳，在外婆身边坐了下来，将外婆的手握在掌心里。

手指间传递着的温暖，使房间像春天般的温暖……

外婆腾出一只手在内衣里摸索着，好半天才颤巍巍地掏出一把钥匙……

银白色的钥匙，发出灵动的光芒。

仿佛预备倾诉着秘密的嘴唇……

朵朵纳闷儿地看着外婆，又看了看她手中紧握的钥匙。

"朵朵……回老家吧……柜子里有你母亲留给你的遗物……外婆想好好睡一觉了……"

此时的外婆眼里闪烁着晶亮灼人的光芒，她即将消逝的灵魂仿佛顷刻之间又注入了她的体内，当朵朵从外婆的手中接过钥匙时，外婆竟然兴致很高地下了床，陪她一起看雪景。

那个下雪的夜晚，外婆讲起了母亲的很多事情，还有幼年的朵朵。

那些古老的故事从外婆的口中讲述出来，就像古老的童话般美妙。

朵朵听得入了神，听着听着，就仿佛自己又变成了幼小的孩童，躺在外婆的怀里，被她轻轻抚摸着额头，睡着了……

那夜她睡得从未有过的安稳，在梦里她闻到金耀太熟悉的芳草香味……

还有母亲甘甜的久违的乳香……

7

多年之后，当朵朵再次想起那个飘雪的夜晚，仍旧心痛难以隐忍。

外婆就在那个夜晚抱着朵朵去世的。

她醒来，只感觉到浑身冰凉，外婆的身体僵硬地抱着她，手掌还放在她滚烫的额头……

医生和护士用很大力气才将老人和她分离……

女生死死地抓着外婆的手，仿佛抓着最后微薄的希望。她不要放手啊！

外婆终于被医生抱到了床上，她的眼睛仍旧半睁着，闪烁着动人的光芒，微微张开的嘴唇，仿佛还有无数的童话要讲给她听……

白布盖上的刹那，朵朵拼命地抱住了外婆，像个暴躁的疯子般，不准任何人靠近她的外婆。她声嘶力竭地呵斥着所有企图靠近外婆的人，白布盖上了，她又给掀开……

如此重复……

"走开，都给我走开……我的外婆只是睡着了，她还要给朵朵讲故事呢……你们放过她好不好！放过我的外婆……我妈妈死得早，她是被我杀死的……我只有外婆这唯一的亲人了……"

绝望的女生像个破碎的布娃娃，絮絮叨叨反复，如同走火入魔般地念着咒语……

干涸的眼睛，再没有了眼泪，只有哽咽的声音，像一只被遗弃的猫般隐忍着断断续续地发出来。

护士哭了，医生哭了，所有人都泪流满面地注视着匍匐在外婆身上近乎疯狂的女孩儿……

一大早赶过来看朵朵的林俊寒，刚上楼梯就听到了朵朵的声嘶力竭的哭声。他惊慌失措地奔上去，冲进了病房，并强行抱走了朵朵……

8

外婆是在那年春节将至时去世的，她走的那天，天空下着飞扬的雪，仿佛全世界的眼泪都凝结成了纷纷扬扬的雪花。

多年之后，朵朵仍旧记得那个夜晚，回光返照的外婆温暖如春的怀抱。

那一刻的拥抱，虽不是生命中的第一次，也不是最温暖的一次，却在她心里成为永恒的烙印。

永不消逝。

外婆火化的第二天，朵朵带着她的骨灰回到了芳草镇，将她安葬在了母亲的坟墓旁边。

美丽的芳草镇，神话一般的芳草镇啊，现在长眠着她最爱的两位亲人。

披着黑色披肩的朵朵，长久跪在坟墓前，双手捧着洁白的雪洒向墓地……

雪花啊，请带着我深沉的爱融进每一寸土地吧。

女生泪流满面地祷告着。

旁边的林俊寒忧伤地注视着朵朵，只恨不能将她藏在自己的心里，再不让她受到任何的伤害。这个弱小的女孩儿，身上背负着太多的苦难，让他情不自禁，时刻为她牵肠挂肚。

雪地里，长跪不起的朵朵被雪花覆成了雪人……

"走吧，朵朵。我带你回家。"

林俊寒搀扶起朵朵，将孱弱瘦小的她抱了起来。她已经完全冻僵了，像个残缺的木偶人，手脚僵硬，她躺在他的怀里，瑟瑟地颤抖着，眉毛、睫毛上沾着雪花，就如同一朵正在枯萎死去的雪莲花……

"家……我的家……在哪里？"

朵朵悠悠地哽咽着问，空洞的眼神，透不出一丝的光泽。

"朵朵，以后，我的家就是你的家啊！"

雪地里，抱着朵朵的林俊寒一边走着，一边安慰着她。因为心痛，他的眼睛渐渐潮湿了……

"哥，我的家在太子的心里……他的心就是我的家！"

想到自己深爱的人，她的月牙般的眼睛重新泛起了星芒般璀璨的光亮，僵硬的脸，浮现出一丝惨淡的笑容。

"……朵朵……"

林俊寒未语泪先流了。

结了层冰霜的脸美得令人心颤，她的睫毛颤抖着，眼底仿佛有漆黑的空洞，伴随着收缩的瞳孔，心也仿佛淌着即将凝固的黑色的血。

怀里的女孩儿轻薄得像一片没有重量的羽毛……

却纵使他用尽毕生的时间，也无法抵达她心的彼岸。

"朵朵，马上到车上了，我带你回离城。"

林俊寒调整着自己受伤的心，继续说道。

"不……先别回去……带我去老家好吗？"

怀里的小人突然挣扎了起来，仰起一张天真无邪的脸，低低哀求着。

林俊寒默默点了点头。

夜幕中，他的脸氤氲在一片白色的雾气里，美得像撒拉弗的羽翼……

9

昏黄暗淡的光线摇曳着。

老屋的空气里流淌着陈旧而熟悉的味道，连空气中飘浮的尘埃都仿佛是暗黄色的。

　　林俊寒将朵朵放了下来，找来废弃的木材，在房间里生起了火。

　　红色的火焰燃烧了起来，房间里顿时变得温暖如春。

　　随着跳跃的火焰，朵朵仿佛又回到了幼年的时光。就在这时，她看到了角落里一个颜色斑驳的布满了尘埃的铁箱子，像着了魔般的，她慢慢地朝着它走近……

　　手中的钥匙发出肆意的笑声。

　　所有的秘密即将被开启……

　　空气里，只有钥匙开锁时清脆的声响。

　　盒子慢慢地打开……

　　她的心跳骤然加快。

　　当盒盖完全打开后，一张发黄的照片赫然出现在她的眼底，雪花般落进了她的瞳孔。

　　照片上，年轻漂亮的女子张扬着一张如花的笑靥，依偎在旁边英俊的男子怀里。他们紧紧纠缠的双手，透着暧昧的气息……

　　母亲身边的男子？

　　朵朵眼睛睁大了，连瞳孔都逐渐收缩暗淡……

　　心底忽然寂静无声……

　　全世界都退到了想象之外，刺骨的寒冷。

　　母亲身边的男子和现在的金耀太多么的相似啊，如果不是头发的颜色有差别，她甚至以为那就是她深爱的金耀太。

照片上的男子将手随意地搭在母亲肩膀上，却透着无比的暧昧与亲热。他黑玉般的头发宛如一团妖娆的梦，深邃湛蓝的眼睛发出灼人的光芒，连唇边扬起的高贵的笑容，都同太子如出一辙……

"金叔叔……"

随着一声尖锐的叫声，相框陡然跌落在了地面，发出清脆迸裂的声响。

相框破碎了，照片上的人也随之变得模糊、暗淡……

朵朵连连后退了几步，干涸的眼睛重新涌出泪水，像冬天大雾弥漫的清晨，漾满了忧伤、脆弱，还有失去一切的绝望。她的嘴唇煞白，呼吸越来越急促，仿佛一片枯萎的树叶一般，随时会倒下。

"朵朵……怎么了？"

林俊寒快速冲上来，扶住了她。

他的目光随着她的视线望去，眼底星芒般的光辉陡然之间暗淡下来，像夜色里波涛汹涌的大海，深不见底，却酝酿出海水般咸咸的忧伤。

破碎的相框里，一对年轻的恋人仍旧笑着，那么温暖灿烂的笑容……

"朵朵，走吧。我们回离城。"

林俊寒慌张地说着，手指僵硬地颤抖着。

该死，这个秘密怎么会现在让她知道呢？她已经无法再承受任何的打击了。原本他想赶在金耀太发病前找到那颗罕见的AB型HR阴性血的心脏，让他好起来后，再想办法带走朵朵，让这个该死的秘密永远被埋葬……

可是，为什么上天如此的残酷呢？

"哥哥，太子是我的亲哥哥……金叔叔是……是我的父亲！"

颤巍巍的声音，像匕首一样刺伤着林俊寒的心，他伸出双手，蒙住了她的眼睛。

冰冷的液体在他的手指中滚落。

"哥哥，太子是我的亲哥哥……难怪我们会是相同的血型，难怪……金叔叔的眼神会如此的怪异……难怪外婆决绝地让我和他分手……难怪多年前，父亲会丢下我走了……你们都知道对不对？你们都知道对不对？只有我和太子是彻底的大傻瓜啊……"

声嘶力竭的呐喊，在温暖的房间里长久地回荡。

朵朵痛苦地捶打着自己的胸口，真恨不得那颗纠缠得她一刻不得安宁的心脏就此停止。天啊，为什么结局会是这样呢？

如此捉弄人的现实，兜兜转转命运的齿轮啊……

谁来点燃那盏引路的灯塔，指引迷途的星星……

Chapter 8
你终是无法触摸的光

1

同一个大雪飘零的夜晚。

同一个暗淡无光的时刻。

医院的病床上。

俊美的少年听到高跟鞋清脆的脚步声，刻意闭上了眼睛。

他苍白如樱花的面容，在暗淡的壁灯下，宛若希腊神话里的王子。长长的睫毛水草般覆盖着低垂的眼帘，青紫的嘴唇，像一朵浸满毒汁的花朵。他的全身上下仿佛氤氲在白色的妖娆雾气中，美得让人心颤……

门外的高跟鞋声渐渐走近，停顿了半晌，传来开门的咯吱声。

妖娆如孔雀般的林诗碧轻轻走了进来。

她脚步放得很轻，像一只诡异的猫。

她慢慢靠近自己深爱的男孩儿，在他的床边坐了下来，安静地凝望着她，心跳加快。这个俊美得失真的男孩儿，自她第一眼在金家别墅里看见，芳心如鼓，十几年过去了，她对他的感情非但没有改变，反倒愈加浓烈，像古老的藤蔓植物，枝叶繁茂。

可是他却仿佛冷血动物似的，从未为她开启过心灵的大门。

即使现在，她跟他的关系，已经是被双方大人都认可的恋人，他对她依然冷漠决绝，视她如空气。

想到这里，她玫瑰花般的嘴唇微微颤抖着，满是委屈。

病床上的男孩儿依然安静地躺着，除了微弱的呼吸，鼻翼间轻轻的扇动，几乎感受不到任何生命的气息。仿佛只有一具空虚残缺的躯壳，苟延残喘地生存着，万分疲惫。

林诗碧心疼地将他的手握在了自己的手心，恨不得将他整个人都揉进自己的身体里，变成密不可分的整体。

自从那大在教室太子知道了朵朵接近他的目的后，他就变成这个样子了。整天的沉睡，乖戾地吃下医生开的药，任由医生在他的身体上打针抽血，像个布偶娃娃般地被随意摆弄。他再不发出任何的声音，手背被针打成了青紫的颜色，也从来不发出一声呻吟……

他像颗退去了所有光环的流星，任意飘零……

她静静地瞅着他，如凌晨夜晚的露珠般安静地瞅着他，琥珀色的瞳孔隐约着玫瑰花的妖娆和忧伤，她就这么瞅着他："太子，当我第一次在金家别墅看到你时，你还是个稚气未脱的小孩子，你在飘雪的花园里叫我跟你一起玩雪，你长长的睫毛颤动着，眼底闪烁着明亮如星辰的光芒，你冲着我笑，将雪球扔到我的脖子里。可是，我一点儿都不生你的气。那时候我很冷，可是我多么高兴呵，你那样对着我笑，仅仅存在于幼年的时光里。阿姨去世，我再没见你笑过。我多么希望你能够再对我笑一次。我爱你，爱到为你变成连自己都讨厌的样子，你明白吗？小时候你老叫我小新娘，为什么现在就不这么叫我了呢？"

她声音很轻地说，完全失去了昔日在学校的骄傲。

如烟的往事云雾般地飘荡在病房里，静悄悄地蔓延……

他眉心动了动，转了个身，装作睡着了。

她多么希望他又像从前一样，飞扬跋扈，横行霸道，至少那样可以让人感受到他的气息，知道他还好好地活着……

"太子……我爱你……金叔叔说，我们毕业后就结婚……你知道我多期待那天吗……"

林诗碧喃喃的幽怨声，游丝般在空气里回荡。

金耀太仍旧一动不动地装作沉睡，这个女孩儿的爱对他来说只能是沉重的累赘，压得他无法喘息。此时的他，心早跟着飘零的大雪，飞到了朵朵身边。

半个月了，她消失半个月了。

原来誓言都只不过是海市蜃楼般虚设的美景。

他的心已经死了。

在他深爱的女孩儿背叛的时刻就已经死了。

房间里只有女孩儿低低的啜泣声，悠扬婉转地飘向下雪的夜空。

"太子，为什么你不能够爱我呢？我才是可以成为你妻子的人，从我第一天看见你，我就爱上你，那时候我们还都是孩子，我爱了你这么多年，你真对我没有一点儿感觉吗？"林诗碧悲伤地质问着，继续说道，"你为什么不明白呢，你和朵朵根本没有机会在一起的啊！"

病床上躺着的美少年睫毛轻微颤动着，却依然如雕像一般麻木。

她的忍耐仿佛已经到了极限，连握他的手指都收紧了，僵硬的手指发出寂寞的咯吱声。

她盯着他倔强的脸看了半分钟。

终于伸出双手，摇晃起了他的身体，歇斯底里地吼了起来：

"太子！朵朵是你的亲妹妹，同父异母的亲妹妹啊！你怎么可以喜欢你的亲妹妹啊！"

病床上的男子睫毛颤动了几下，终于，惶惶不安地睁开了眼睛。

深邃湛蓝的眼底闪烁着宛如星辰的光芒，钻石般璀璨明艳的雾气若有若无，随着心脏剧烈的疼痛，他的瞳孔迅速收紧，暗淡如夜色苍茫的森林。

林诗碧的话像匕首一样尖锐地刺进了他的心脏，他只觉得身体里仿佛有股巨大的力量在燃烧着，仿佛要将他的身体都烧成灰烬一般。

他挣扎着摆脱了林诗碧的双手，在她惊恐的眼神中坐了起来。

"再说一次，把你刚才的话再说一次！"

歇斯底里的命令，此时，狂躁不安濒临绝望的金耀太就像个发疯了的狮子。

"太子，我说……我把我知道的都告诉你……我都告诉你！……反正你迟早会知道的！我什么都说，我再不隐瞒你了……我隐瞒得好辛苦！你知道吗！我有多辛苦！"林诗碧在他低哑的声音中，惊恐地站了起来，连连点头答应着。因为突然来临的惊吓，她泪流满面，声音也在微微颤抖着。

病床上的金耀太终于安稳了下来，心却更加疼痛了。

仿佛整个心室被掏空，连流淌的血都变成了黑色的。

胸口如此的冰凉。

房间里的空气仿佛也凝结成了寒冰。冷，冷，冷彻心扉！

林诗碧重新在他的身边坐了下来，擦拭干净眼角的泪水。她饱满柔软的嘴唇蠕动着，将那冗长的故事慢慢地讲述了出来。随着她的讲解，他苍白的脸逐渐变成了青紫的颜色，干裂的嘴唇慢慢绷紧，清澈的瞳孔缩紧，直至潮湿。

……

"朵朵，我的心脏是你的，你的心脏是我的……"

……

"太子，爸爸不会让你离开我的，就是舍弃一切，哪怕成为罪人，爸爸也会救活你的。"

……

父亲说的成为罪人，大概就是杀掉自己的女儿，挽救儿子的生命吧。朵朵也是因为那颗罕见的心脏才离开他的吧。还有朵朵的外婆，当她一听自己说父亲是金哲时就像变了个人，她也是知道事实真相的人……

所有的谜团都解开了……

金耀太的手越捏越紧，呼吸急促，仿佛下一秒就会陡然间死去，琥珀色的瞳孔，飘起樱花般的白雾。疼痛，撕心裂肺的疼痛……

他第一次如此清晰地体会到朵朵的痛苦，也第一次如此痛恨起自己。

他先是害死了母亲，现在又要害死自己深爱的人，还要让父亲变成千古的罪人……

天啊，他到底做了什么？为什么身边的人都要因他而受到惩罚？

他痛苦地闭上了眼睛。

钻石般的眼泪滚落，滴落在十字架上，发出明艳动人的光芒。

林诗碧讲完后，整个人如释重负地虚脱了。身体里的爱却又在此时躁动了起来，脸上荡漾着愉悦的表情，仿佛爱的天使正朝着她飞来。她在心里窃喜着，也许知道事实真相的太子，会放开朵朵，重新回到自己身边吧！

她眼底的光更亮了，仿佛等待着他对她敞开胸怀……

"你出去吧。我想安静一下……"

金耀太忍住疼痛，重新躺到床上，声音轻颤地说。

林诗碧极不情愿地站了起来，整理了褶皱的衣服，重新昂着骄傲的头颅走出了病房。

妖娆的高跟鞋声渐渐远去。

金耀太痛苦地闭上了眼睛。

如果一切因为他那颗该死的AB型HR阴性血心脏而起，那么也让这一切在这颗罕见的心脏中结束吧！

凝视着窗外飘飞的大雪，他仿佛明白了生命和爱情的真谛，手不由自主地按住了心脏。

2

农历的新年还有三天就要来临了。

沉浸在节日气氛中的离城，张灯结彩，到处洋溢着喜庆的气息。

红色的灯笼，红色的条幅，红色的对联……

铺天盖地的妖娆的红色，整座城市都仿佛飘满了血腥的芬芳。

沿街栽种的白桦树，挂满了五彩缤纷的彩灯，绚烂的灯光辉映着晶莹剔透的冰凌，就如同梦里洒落的樱花花瓣，遍地凌乱地盛开，然后凋零。

来往的行人，顶着一张张笑靥如花的脸，陌生而又亲切。

而从芳草镇回来后的朵朵，却像变了个人似的，眉头再没有舒展过。

这天，她在放假后空荡荡的学校里晃荡了整整一天，直到傍晚，她终于下了决定，去见她的生父，还有自己深爱的亲哥哥，如果这一切都是宿命，那么就让这颗罕见的心脏，来结束这一切吧！

坐在开往金玉街13号的公交车上，朵朵泪如泉涌。

下车时，司机叫了几声，她才恍然如梦地醒来，跌跌撞撞地下了车。

皑皑白雪中的别墅群，依然美得像童话中冰清玉洁的城堡，高贵幽雅，这样的味道既熟悉又陌生，越是走近，却又越是心痛难以隐忍。

她在门外徘徊了几分钟，终于敲响了门。

几分钟后，赵姨打开了门。

看到门外站着的雪人般的朵朵，她惊喜地叫出了声，赶忙将她拉了进去。

"朵朵，好长时间不见你了，赵姨好想你的。"

亲切熟悉的声音，温而软，就像美味的年糕，令人怀念。

"赵姨，您还好吗？金叔叔呢？"

看到瘦了一圈的赵姨，她心疼地问，眼睛却仍旧不忘四处搜寻着金叔叔的影子。那个给予过她温暖和疼痛的矜贵的男人是她的父亲啊。

父亲，父亲——

多么熟悉亲切的字眼，在她心口堵塞哽咽了十几年，现在，她多么想再叫一次……

"金先生在楼上呢，我上去叫他。"

赵姨拉着她的手，唯唯诺诺地连声说道。

"不用了，赵姨，我自己上去看他！"

朵朵连连推辞着，脚步不由自主朝着楼上金叔叔的房间飞奔而去。

她越走越快，轻浮的身体仿佛正踩在白云上。

越向他靠近，她越是可以感受到父亲的气息。

她拧开门，径直走了进去。

房间里的窗户紧闭着，一盏昏暗的壁灯，发出清幽的寒光，一切恍然如同隔世的梦境。金叔叔正坐在床沿上抽烟，烟雾缭绕中，他的背影孤独寂寞……

灯光下，他的白发宛如铺满白雪的雪地，银丝般的发丝氤氲在白色的烟雾中，宛如一座云雾缠绕的大山……

几日不见，他俨然已经衰老得不成样子了。

朵朵苍白如百合花的嘴唇颤栗着，眼睛渐渐湿润了，波光潋滟。

就在那一刻，她的心变得极度的柔软，轻轻一碰，就会荡漾起美丽的涟漪。她知道，这一刻，她已经原谅了这个抛弃了自己和母亲的亲生父亲。

"爸爸……"

她轻轻地呼唤着，泪流满面。

中年男人的肩膀轻微地晃动着，却仍旧没有回头，仿佛陷入了冗长的思绪一般，无法抽离。

"爸爸……"

她再次喃喃呼唤。

终于无法自控地从背后将他抱住。

他瘦了，骨头硌得她的身体生生地疼痛。

中年男人肩膀终于剧烈地抽动着，缓缓伸手握住了朵朵的手。

十指纠结。

这一刻的亲情，迟到了十八年，漫长的十八年。

"朵朵，我的女儿啊……"

"爸爸……"

就在那个飘着大雪的黄昏，十八年后重新相认的父女，因为感动长久地拥抱在了一起。所有的矛盾，不堪的回忆，动荡不安的情感，都骤然间解除了，只有浓烈的亲情在房间里汇集成无声的音符。

余音缭绕。

"爸爸，我想拯救太子。"

末了，朵朵擦干眼泪，勇敢地说出了自己的心愿。

是的，如果这就是宿命，如果她和母亲生来就是为了付出的，那把自己的生命献给最爱的人，让他来延续自己的生命，也算是残忍的幸福了。

"朵朵，爸爸对不起你，我们再等等吧。我再找找这样的心脏，爸爸不想再失去你啊。"

金叔叔抚摸着朵朵的脸，用厚实宽大的手掌怜惜地抚摸着，仿佛怎么也看不够似的。

他原本以为知道事实真相的她，会恨他一辈子，可是这个善良的女孩儿，却选择了原谅他，这让他之前想要用她的心脏救儿子的想法彻底打消了。他甚至后悔没来得及早点跟她相认。

他这拥有一颗金子般纯洁美好心脏的女儿，多么让他骄傲呵！

金叔叔仿佛也被她的美好感染了，灵魂仿佛被净化了似的，竟然为自己过去的想法和作为深感愧疚。

"对不起。朵朵。"

抱着自己失而复得的女儿，他无比真诚地说，苍老的容颜浮现出欣慰感恩的笑容。

3

卧室门口。

站着一个孱弱消瘦的少年。刚从医院挣扎着偷偷跑回家的他，脸色苍白，全身上下都仿佛笼罩在圣洁的光芒之中。

他的眼睛直直地盯着卧室里一对相认的父女。

漆黑的眼底氤氲起白色的浓雾……

朵朵，我的女孩儿。谢谢你依然爱我如初……可是……我已经决定结束自己的生命了，我不能够让我深爱的亲人，因为这颗罕见的心脏去背负千年的罪恶……朵朵……我爱你，永远！

朵朵，哥在天堂……等你……

天堂再没有别离……

他幽幽地想。

4

大年三十，过了今天新的一年就到来了。

这天，金家豪华的别墅里从未有过的热闹，赵姨笑呵呵地准备着Party所需的食物，小雪球在厨房里快乐地蹦来蹦去，几个月的时间，它已经长大了许多，一团白乎乎的绒毛，甚是可爱。

派对开始不久，金叔叔在来宾的欢声笑语中，隆重地向所有前来祝福的人介绍了自己的女儿。水晶大吊灯折射出七彩的光芒，穿着白色礼服的朵朵，露出修长的脖子，宛如一只高贵的天鹅，她的皮肤在灯光下，呈现出凝脂般娇嫩的光泽，细茸茸的短发上戴着璀璨的公主小王冠。月牙般的眼睛像大海般幽深湛蓝，淡然的微笑，湖泊般的安宁。

每个人都惊讶于她突然转变的美丽！

此时的她，处在灯光下，却好像全身上下都笼罩着一层圣洁的光环，让人无法靠近，也无法将目光抽离。

金耀太眼底闪过一抹泪光，他若无其事地擦拭干净，又恢复了冷漠，眼睛湿漉漉地笑了。

林俊寒也笑了，因为他可以重新追求自己心爱的女孩儿了，而且他还有个更大惊喜，准备在初一时告诉大家，他已经在美国找到了一颗AB型HR阴性血的心脏，他心爱的朋友也可以快乐地活下去了。

林诗碧笑了，因为她爱的男孩儿现在完全属于她了。而她也因为哥哥找到了那颗心脏，和哥哥解除了所有的芥蒂。

只有金叔叔笑得像是哭泣。

许愿，祝福，切蛋糕，吃蛋糕，舞会……

直到深夜，人们才逐渐散去。

林俊寒叫住了准备回房间睡觉的金叔叔，将他找到那颗罕见心脏的事情悄悄告诉了他，并叫他帮他一起隐瞒秘密。说那是他送给太子新年第一天的礼物。

金叔叔兴奋得差点儿跳了起来，浑浊的眼睛刹那之间变得明亮无比，竟像个孩子似的不知所措。

随后，一老一少两个人欢喜地拥抱在了一起，又调皮地伸出手指，在嘴唇上发出长长的"嘘"。

窗外雪花飘落。

像三月里粉嫩的樱花簌簌坠落。

可是，每个人心里却都装着个太阳，并因这太阳而憧憬着美好的明天⋯⋯

5

后花园的雪地里。

积攒了一天的大雪终于纷纷扬扬地下了起来。

飘零的雪花，宛如水晶般晶莹耀眼。风吹过白桦树的枝叶，发出慌乱的声响，后花园里弥漫着白色的雾气，在空气中氤氲开来，恍如梦境。

灯光下，茫茫的雪地像一面明晃晃的巨大镜子⋯⋯

连呼吸的空气里，都仿佛飘满了泡沫般的香味⋯⋯

屋檐底下，金耀太将娇小的朵朵拥在自己温暖的怀抱里，两个人依偎着蹲在屋檐下，看着天下飘落的雪花⋯⋯

女孩儿细茸茸的短发散发出柠檬的香味，他的手指无限温柔地掠过她黑玉般的头发。朵朵感觉到这温柔的举动，脸像夕阳的朝霞般泛起了潮红。

"朵朵，我是你的哥哥了，你还会一样待我吗？"

望着天使般纯美的女孩儿，他幽幽地说。

"嗯，那是当然。"

朵朵拼命地点着头，泪眼蒙眬。躲在他温暖的怀里，听着他的心跳，仿佛全世界的幸福都停滞在了这个冬季的夜晚。她在心里暗暗下定决心，一定要把自己的心脏给他，不管他是以前的金耀太也好，还是现在的亲哥哥也好。

是的，当她的心脏在他身体里跳动，她就是他了。

感谢上帝！

他们就快变成同一个人了。

金耀太动容地将朵朵抱得更紧了，想到即将到来的漫长的分离，他原本坚硬的内心恍然之间玻璃壳一样破碎了，眼底闪烁着钻石般明艳的泪水。他喃喃地说：

"朵朵啊，你说我们以后每天要怎么度过呢？"

朵朵仰起一张娇嫩如花的脸，望着高出她许多的亲人，泪眼婆娑地悠悠说：

"哥，我们再一起参加高考，然后一起进南方的大学。那里没有雪，你就再不会冷了。我们租个简洁舒适的小屋，每天早晨，我会煮好饭，再叫你起来吃饭。我们要一起上下课，一起念书，你要好好学习，回答不了问题，我会很伤心。放学回家，我做饭，你就洗菜，我要看着哥吃饭，哥要吃很多，长成猪朵朵也会很喜欢。傍晚，我们一起去湖边散步，如果天气好，你要陪我去阳光下晒太阳……晚上，哄我睡觉……如果摸不到你，又握不到你的手，我会很害怕……"

"……好，哥答应你……"

"哥，我的心脏是你的，对吗？我们会永远在一起……"

"傻瓜，哥会变成天国的雪，守护我的朵朵啊！"

"讨厌，哥哥真讨厌……乱说……害朵朵伤心……"

"好，哥哥不说了，可是现在哥哥不想和你交换心脏了！"

"为什么呢？"

"因为朵朵整个人都已经被哥哥装在心里了……"

……

6

银色的雪地里。

俊美的少年用颤抖的嘴唇亲吻少女光洁的额头。

在浓郁的香草气息里，他们因为彼此的温柔炙热，激动得泪流满面。

吻。

温柔的亲吻。

他的吻灼热滚烫，印在她额上、发上。她则温柔地回抱病弱俊美的少年。

混迹着泪水，睫毛上颤动的雪花……

仿佛带着毁灭的欲望。

而他们，

即将分离。

这个漫长的世纪之吻啊，美丽得令人撕心裂肺般的疼痛。

他安静地亲吻着她，眼中浮现出星芒般的雾气，青紫的唇片冰凉得惊人。而她则滚烫得吓人，透过他的血液和脉络，一点儿一点儿的，烙印在他的心底。

奉献彼此，无惧生死。

纯真的吻。

穿越了整个冬天。

穿越了心的彼岸。

又穿向另一个时空……

那个隆冬的最后一刻，所有的雪花都见证了这场痛彻心扉的离情。在多年之后，成为一幅唯美的油画，烙进了时空的隧道，变成天幕里最亮的北极星。

爱，从未消失过。

渐渐地，渐渐地，她感觉到额头上淌着温热的液体，继而传来血腥的味道，搂着她的身体陡然之间瘫软了下去。他的身体仿佛瞬间变成了水做的，如此的妖娆轻薄……

鲜血。

黏稠的鲜血……

在雪地里盛开，诡异妖娆……

她的额头、发际上全是他的血，像最鲜艳妖娆的口红……

她美丽的白裙子，像刚染印好的雪纺裙……

哥……

哥哥……

朵朵喃喃地轻轻呼唤着，这么多的鲜血啊，正从他的身体里流出来，他如此的残缺不全，让她不知道该从哪里下手……

哥哥，你说过我们要永远在一起的……

哥哥，天国里没有我，你会幸福吗？

哥哥，等我，我们还未真正开始……

朵朵……我爱你……哥在天国等你……

我们永远在一起……

他在人间的最后一个动作，用颤抖的手将两个人胸前的十字架合拢了。

咔嚓一声。

宛如心脏破碎。

又如同心脏合并。

哥哥，再抱抱我好不好？牵着我的手，永远不要松开，永远不要让我找不到你，没有你的世界一片荒芜，这么冷，这么冷，我该怎么度过？告诉我，没有你的世界的每一天，我要怎么办？

朵朵发疯般地扑在亲人怀里，将他渐渐冷却的身体紧紧拥在怀里，泣不成声……红色的血液渐渐冷凝，将她的亲人装点得凄美绝伦！

就在这灾难的芬芳甜蜜的血腥味中，她仿佛再次听到了巨大的如烟花绽放的隆隆声响。半晌，一切归于静止……

她像落叶般坠落在亲人的怀里。

所有的事情都在昏迷中被彻底遗忘……

Chapter 9
爱的最终曲

1

四年后，落城。

在鲜花环绕中，失去记忆的朵朵被父亲金先生牵着手，嫁给了林俊寒……

父亲的致辞是这样的：请照顾好我唯一的至爱的女儿。

红地毯的尽头，英俊的新郎缓缓向着她走近。

在他的头顶，她看到一个飞翔的天使王子，扑扇着洁白的翅膀，露出梦幻般唯美的笑靥，美丽得惊心动魄。

却又，如此，如此——

熟悉。

朵朵突然觉得无比悲伤，当她的手被新郎握着时，竟然感到从未有过的心痛。

咚——

咚——

咚——

她听到自己心脏跳动的声音。

谁在蓝天的尽头用温暖的语言一遍一遍重复着"我爱你"？

谁，是谁？！

2

又是一年。

她无意间发现了丈夫柜子里隐秘的盒子，又看到了婚礼当天，蓝天的尽头那个美得惊心动魄的天使般的王子。他睁着一双明亮如星辰的眼眸朝着她微笑，微笑……

她好奇地打开了盒子。

两条合拢在一起的十字架项链，闪烁着钻石般璀璨的光芒……

她消失的记忆终于又回到了脑海里……

3

我重新回到了飘雪的离城。

在他的坟墓前埋葬了相爱的十字架。

五年前的除夕夜。

金耀太为了阻止我把心脏献给他，自杀而死。

那个夜晚的他，美得像个神话。

可是，我后来才知道，如果他可以多等一天，只需要一天，我们的命运或者可以重新书写……

宿命，残酷的宿命。

皑皑白雪里，我又看到了他天使般的容颜……

泪水，顷刻之间潮水般地泛滥。手中的钻石十字架折射出璀璨的光芒。哥说，天国的眼泪都是钻石变的。哥，我看见你哭了！我手中的钻石，是你的眼泪吗？

哥哥，天国里还好吗？

哥哥，没有别离的天国，永远不会下雪吧……

墓地里，悠然闪烁出一道白光，璀璨的光束中，穿着王子服装，扑扇着翅膀的他缓缓向我走来。

他的手牵住了我的手……

朵朵……

哥……

我们的爱情，现在，才是真正的开始。

光束合上了……

坟墓前，两串璀璨的钻石十字架，在白色的雪地里迸发出宛如北极星般的光芒。

那是你，是你——

我永生永世挚爱的亲人。